Tarântula

Eduardo Halfon

Tarântula

TRADUÇÃO
Silvia Massimini Felix

autêntica contemporânea

Título original: *Tarántula*

EDITORA RESPONSÁVEL
Rafaela Lamas

REVISÃO
Ariadne Martins

ADAPTAÇÃO DE CAPA
Diogo Droschi
(sobre fotografia de ClassicStock / Alamy)

DIAGRAMAÇÃO
Waldênia Alvarenga

Dados Internacionais de Catalogação na Publicação (CIP)
(Câmara Brasileira do Livro, SP, Brasil)

Halfon, Eduardo

Tarântula / Eduardo Halfon ; tradução Silvia Massimini Felix. -- 1. ed. -- Belo Horizonte : Autêntica Contemporânea, 2025.

Título original: *Tarántula*

ISBN 978-65-5928-623-2

1. Ficção guatemalteca I. Título.

25-293016.0 CDD-G863

Índices para catálogo sistemático:
1. Ficção : Literatura guatemalteca G863

Eliete Marques da Silva - Bibliotecária - CRB-8/9380

A **AUTÊNTICA CONTEMPORÂNEA** É UMA EDITORA DO **GRUPO AUTÊNTICA**

Belo Horizonte
Rua Carlos Turner, 420
Silveira . 31140-520
Belo Horizonte . MG
Tel.: (55 31) 3465 4500

São Paulo
Av. Paulista, 2.073 . Conjunto Nacional
Horsa I . Salas 404-406 . Bela Vista
01311-940 . São Paulo . SP
Tel.: (55 11) 3034 4468

www.grupoautentica.com.br
SAC: atendimentoleitor@grupoautentica.com.br

Herdei dos meus antepassados a ânsia de fugir.
Alejandra Pizarnik

Fomos acordados aos gritos.

Estávamos deitados de costas em nossos catres, dentro da enorme barraca verde. Nenhum dos doze se atrevia a dizer algo. Ninguém ousava se mexer no seu saco de dormir. Virei a cabeça para o catre ao lado. Na luz opaca da madrugada, encontrei o rosto do meu irmão me observando de volta, perguntando com o olhar o que estava acontecendo lá fora, o que significavam tantos gritos. Respondi, também com o olhar, que não fazia ideia. Mas de repente os gritos ficaram mais altos e histéricos. Alguém estava se aproximando da nossa barraca. Houve um breve silêncio – embora suficientemente claro para que se percebesse o choro de um dos meninos na parte de trás –, antes que puxassem para o lado a portinhola de lona verde e todo o nosso mundo se inundasse de luz.

No umbral estava a silhueta de Samuel Blum, nosso instrutor, nosso amigo e protetor incondicional, mas agora uniformizado de preto e com um cassetete na mão, e lançando gritos e ordens que nenhuma criança ali entendia. No seu braço esquerdo, demorei a perceber, caminhava uma enorme tarântula.

❁

Eu tinha treze anos; meu irmão, doze. Estávamos morando havia três anos nos Estados Unidos, depois de termos fugido do caos político e social que era a Guatemala dos anos 80. Embora meus pais não gostassem que eu explicasse dessa forma aos meus novos colegas na escola; que, ao descrever nossa partida da Guatemala, eu dissesse que tínhamos fugido. Mas foi isso mesmo, uma fuga. Foi o que fizemos. Meus pais tinham vendido precipitadamente não apenas nossa casa recém-construída, mas também tudo que havia dentro dela – os móveis e os tapetes e os quadros nas paredes e os utensílios da cozinha e os carrinhos e brinquedos que eu guardava no armário –, e tínhamos fugido para a Flórida no final do verão de 1981 com nada mais que umas poucas malas. Três anos depois, meus pais decidiram que meu irmão e eu viajaríamos de volta à Guatemala durante as férias escolares de dezembro para participar de um acampamento de crianças judias.

Disseram que meu irmão e eu viajaríamos sozinhos, sem eles (não me lembro da razão pela qual minha irmã mais nova não foi conosco, embora hoje, que já entendo bem para onde nos estavam mandando, eu possa conjecturar que ela ainda era criança demais e inocente demais). O acampamento, disseram meus pais, se chamava machané, em hebraico, e ficava no meio de uma floresta enorme e selvagem, a cerca de cem quilômetros da capital. Passaríamos alguns dias dormindo em barracas e fazendo fogueiras, nos disseram, alguns dias aprendendo não apenas técnicas de sobrevivência na natureza, mas também técnicas de sobrevivência na natureza para crianças judias. Não é a mesma coisa, nos disseram.

Mas eu não queria ir.

Estava naquela fase tão ambígua – treze anos – em que uma criança ainda faz coisas de criança enquanto começa a fazer suas primeiras coisas de adulto. Ainda assistia a desenhos animados na televisão uma vez por semana, aos sábados de manhã, embora recentemente, e também uma vez por semana, tivesse começado a me barbear. E ainda precisava que minha mãe me deixasse e depois me buscasse em frente ao cinema para assistir a um filme com os amigos, embora, antes de sair de casa, eu já passasse um pouco de colônia e desodorante. E ainda colecionava e trocava figurinhas de beisebol, embora na mesma gaveta eu também agora guardasse algumas revistas pornográficas para me ajudar nas minhas primeiras e desajeitadas masturbações.

Mas também me lembro de que, naquela idade, não sei se por princípio ou por pura rebeldia (um pouco de ambos, sem dúvida), comecei a rejeitar as imposições dos meus pais. Agora entendo que minha rejeição não era dirigida diretamente a essas imposições, mas a tudo que meus pais representavam, ao mundo deles em geral. Para uma criança, começar a desfazer o mundo herdado é um dos pequenos passos paulatinos para construir o seu próprio. Eu rejeitava os horários deles, suas regras, seus gostos, suas dietas, seus esportes, suas ideias, até mesmo sua linguagem: desde que havíamos chegado aos Estados Unidos, eu me recusava a falar com eles em espanhol; eles falavam comigo em espanhol e eu respondia em inglês. Mas minha maior rejeição, e sem dúvida a mais escandalosa, foi em relação ao judaísmo.

Não era uma rejeição belicosa, nem veemente, nem sequer confrontativa. Pelo contrário. Eu tentava evitar ou esquivar-me do judaísmo, de qualquer forma. Como uma saída silenciosa de uma festa, sem dizer nada e sem me despedir de ninguém. De repente, já não queria acompanhar meu pai às sessões de oração, inventava outros compromissos para não comparecer aos jantares de shabat nas sextas-feiras, e até tinha dado de presente, em segredo, a um amigo cristão, num gesto mais simbólico que prático, meu gorrinho de seda (kipa, em hebraico) e meu ainda quase novo manto de oração (talit, em hebraico). Minha mãe não dizia nada, aparentemente confusa. Meu pai, por outro lado, me dava ordens aos gritos. Sua maneira de impor o judaísmo sempre foi aos berros. Ao me encontrar deitado na cama nas manhãs de sábado, me acordava gritando que era meu dever ir com ele à sinagoga. Quando percebeu que eu começava a me aproximar de algumas garotas da minha idade, lembrou-me, com uma série de gritos tão épicos quanto prematuros e inúteis, que na nossa família era proibido ter uma namorada não judia. E eu, claro, obedecia.

Ainda assim, às vezes, tomando coragem, eu me animava a discutir atabalhoadamente com meus pais sobre o porquê de tantos mandamentos e dogmas, sobre por que era preciso seguir suas tradições inexplicáveis. Uma dessas discussões, talvez a mais intensa ou a mais emotiva ou uma das que mais me lembro, aconteceu uma noite, enquanto eu estava sentado entre eles no sofá da sala, os três assistindo a um episódio de algum programa de televisão que se passava um século atrás, numa cidadezinha que não sei se era no Kansas ou em Minnesota; em todo caso, uma cidade bucólica e perdida no Meio-Oeste dos Estados Unidos. Durante o episódio, os moradores da cidade ficavam zombando de um velho carpinteiro judeu. Um senhor com jeito de camponês dizia que só deixava o judeu entrar na sua loja porque o velho carpinteiro era muito bom fazendo caixões, e ali na sua loja vendiam-se muitos caixões. Algumas senhoras, ao vê-lo andando pela rua, gritavam exaltadas que era preciso tapar o nariz e tomar conta da bolsa, enquanto um grupo de garotos insistia, com absoluta convicção, que o velho judeu, como todo judeu, tinha chifres escondidos debaixo do seu chapéu preto. A ideia de que um velho carpinteiro tivesse um par de chifres escondidos sob um chapéu-coco me pareceu divertidíssima, e comecei a rir. Ao olhar para minha mãe, no entanto, percebi que ela estava chorando. E meu pai, me julgando com raiva, e talvez supondo que minha risada também era dirigida ao velho carpinteiro e a todo o povo judeu, explodiu.

Embora nunca tenham me dito isso, estou certo de que parte do seu raciocínio ao nos enviar naquele fim de ano para um acampamento nas montanhas da Guatemala foi não apenas para me reaproximar do judaísmo – do judaísmo deles –, mas também para me reaproximar de um país que, três anos depois de o termos abandonado, eu já considerava estrangeiro e distante.

Furioso, respondi que não iria. Que tinha treze anos e podia tomar decisões por conta própria. Que não me interessava viajar para a Guatemala, nem acampar com um grupo de crianças judias que eu não conhecia, nem aprender a cantar musiquinhas ao redor de uma fogueira num hebraico incompreensível. Também não gostava da ideia de ter de passar alguns dias me comunicando apenas em espanhol, um idioma que eu já mal falava ou, no máximo, falava com um forte sotaque norte-americano; embora isso, claro, eu não tenha dito.

Minha mãe ficou em silêncio, evidentemente perturbada, e talvez intuindo que minha rejeição era mais do que a um simples acampamento. Meu pai, no entanto, me lançou um único grito definitivo.

Você vai, e ponto.

A primeira pessoa que conhecemos foi Samuel Blum.

Estava de pé ao lado da estrada, nos arredores de um povoado chamado Santa Apolonia, recebendo as crianças com um apito pendurado no pescoço e uma pasta nas mãos, e, de imediato, achei que ele era um dos homens mais bonitos que eu já tinha visto. Era alto e magro e com traços muito femininos: tinha olhos azul-claros, da cor do céu, e uma longa cabeleira de cachos loiros que ainda pareciam moda nos anos 70 (muitos anos depois, eu o recordaria ao ver na tela o jovem Tadzio, de Visconti). Atrás dele, como escoltas, estavam parados alguns soldados, ou policiais, ou seguranças particulares, eu não sabia muito bem; todos uniformizados de verde e cáqui e todos com uma enorme espingarda preta pendurada no ombro. Fiquei olhando para uma das espingardas pretas e quase consegui ver uma leve fumaça cinzenta saindo do cano, e me perguntei quantos guerrilheiros essa mesma espingarda teria matado. Era o final de 1984. O país ainda estava mergulhado na violência e insegurança do conflito armado interno, embora eu já tivesse idade suficiente para entender que aqueles soldados ou policiais ou seguranças particulares também estavam ali porque, numa manhã de sábado, meses antes, o rabino da comunidade judaica tinha descoberto uma bomba na sinagoga, escondida entre os rolos da Torá.

Os irmãos Halfon, anunciou ao nos ver. Sou Samuel Blum, disse, apertando nossas mãos, e deve ter percebido que meu irmão e eu ficamos um pouco nervosos, pois rapidamente se ajoelhou diante de nós e perguntou, num sussurro, se queríamos saber um segredo. Nosso avô polonês estava por perto; tinha acabado de nos buscar no aeroporto com seu motorista (fazia anos, desde o primeiro infarto, que não dirigia) e logo nos deixaria ali, nos arredores de

Santa Apolonia, naquele terreno baldio ao lado da estrada, de onde o grupo inteiro faria uma caminhada de três ou quatro horas pelas montanhas do planalto, carregando todas as mochilas e os sacos de dormir até o local isolado e afastado onde ficava o acampamento. Mas o segredo de Samuel, entendemos de imediato, era só para nós dois. Meu irmão e eu dissemos que sim, e Samuel primeiro fez um gesto com a mão para que nos aproximássemos um pouco mais, depois apontou com o dedo para baixo, em direção ao bolso do impermeável verde-militar, que ele tinha aberto levemente com a outra mão. Lá dentro, no canto do bolso, descobrimos, aterrorizados, que dormia uma pequena e fina cobra toda vermelha – um vermelho flamejante, entre escarlate e carmim –, exceto pela sua cabecinha preta.

Samuel enfiou a mão no bolso e devagar, com cuidado, tirou a cobra e a segurou diante de nós para que pudéssemos vê-la melhor. Agora era uma pequena bola vermelha na palma da sua mão. E eu me lembrei de que minha câmera Instamatic estava na mochila e me apressei em pegá-la e tirei uma foto.

Bem-vindos ao trópico, nos sussurrou Samuel, com o indicador sobre os lábios, o olhar de repente mais azul ou talvez menos azul. De qualquer forma, um olhar já diferente, um olhar inflamado, um olhar que naquele momento eu julguei brincalhão e travesso. Ainda não sabia que num par de belos olhos azuis também cabe o sinistro.

❁

Era uma Kodak Instamatic X-15, com um cartucho de filme 126. Uma câmera quadrada, elegante, perfeitamente simples para um menino, algo bastante inovador naquela época. Não era preciso se preocupar com o foco, nem com o tempo de exposição, nem com a luz. Era só apertar um botão e pronto, foto tirada. Meus pais haviam me dado de presente algumas semanas antes do meu décimo aniversário, ou seja, algumas semanas antes de fugirmos da Guatemala, no fim do verão de 1981, quando os confrontos entre militares e guerrilheiros tinham aumentado e irrompido com fúria na capital.

Lembro que a primeira coisa que fiz, depois de abrir aquele presente de aniversário antecipado, foi ir ao jardim com minha nova câmera procurar o tanque de areia vermelho. Eu já não tinha mais permissão para sair sozinho na rua. Lá fora, nas ruas e avenidas da cidade, havia agora toque de recolher e patrulhas móveis e soldados antimotins e esquadrões antissequestro e policiais armados em cada esquina, e o som dos disparos e explosões da guerra podia ser ouvido a qualquer hora. A guerra estava lá fora. Era algo que até nós crianças sabíamos, mesmo sem entender o porquê.

❁

Eu estava parado junto à primeira base. Meu irmão era o campo direito (um menino de sobrenome Arzú acabara de dizer à mãe, antes da partida, que queria comprar meu irmão e levá-lo para casa, como se meu irmão fosse um brinquedo). Meu pai nos observava das arquibancadas, soltando aplausos ou vaias ocasionais, quando um helicóptero militar apareceu no céu. Voava silencioso e baixo no céu levemente nublado, bem à nossa frente, a uma ou duas quadras do campo de beisebol, com a porta lateral totalmente aberta e um soldado sentado na beirada, segurando uma metralhadora apontada para baixo. De repente, o soldado começou a disparar contra alguém (ou alguns) nas casas e nas ruas do bairro La Villa, e o rebatedor mandou uma bola rasteira para a terceira base e o jogador da terceira base pegou a bola e a lançou para mim a tempo e o jogo continuou com o som ritmado da metralhadora ressoando no céu sobre nós, como se nada estivesse acontecendo.

❁

Caminhei pelo jardim até chegar ao tanque de areia vermelho, que na verdade era um imenso pneu de caminhão pintado de vermelho e cheio de areia branca, transformando-se assim no nosso tanque de areia. Entrei no pneu e tirei dos bolsos da calça um monte de soldadinhos de chumbo, talvez oito ou dez soldadinhos de chumbo. Embora seus uniformes estivessem pintados nas mesmas três cores – verde-claro, verde-escuro e marrom –, cada soldado estava numa posição diferente. Alguns de pé, carregando seu fuzil. Outros de bruços, apontando seu fuzil. Outros com um joelho no chão, apoiando a culatra do seu fuzil no solo. Fiquei organizando-os e tirando fotos sobre a areia branca e na borda do pneu vermelho até que acabei com o rolo de filme, corri para dentro de casa e com orgulho entreguei-o à minha mãe para que ela levasse para revelar minhas primeiras fotos.

Dias depois, ela entrou no meu quarto segurando algo na mão. Estava brava. Custei a entender que sua irritação vinha precisamente dessas fotos que ela trazia amassadas na mão e que sacudia e balançava ao ritmo dos seus gritos, ou melhor, do seu único grito:

Que desperdício.

Minha mãe, quando ficava brava comigo, costumava repetir uma única frase várias vezes, provavelmente sem nem perceber. Como um martelo batendo no mesmo prego. Não esqueço a frase daquela tarde. Também não esqueço a sensação de fracasso e perplexidade que o martelar dessa frase me causou. Por que desperdício? Desperdício de quê? De tempo? De filme 126? Da câmera Instamatic? De imaginação?

Ela finalmente foi embora, ainda com as fotos na mão. Não consegui nem vê-las. Não pude responder nada à minha mãe. Nunca consegui explicar a ela que aquelas primeiras fotos eram, na verdade, a sequência de uma história de soldados e guerrilheiros se enfrentando num tanque de areia vermelho, uma história de guerra que eu tinha imaginado e queria contar.

❁

Anos depois, percebi que aquela série de fotos teve, talvez, dois momentos de inspiração.

O primeiro, meu irmão me lembrou tempos atrás. Eu já tinha esquecido por completo de um livro que alguém nos deu durante nossos últimos meses na Guatemala; nem meu irmão nem eu lembramos quem é essa pessoa, embora ambos suspeitemos que foi um presente de um amigo golfista do meu pai que morava na Flórida, um grande leitor e bebedor de vodca e fumante de Camel sem filtro que vivia nos mimando e gostava de nós como um tio, chamado Jack (Captain Jack, era como o chamávamos, por causa da música de Billy Joel). O livro era uma edição antiga e já meio desmilinguida de *Little Wars*, de H. G. Wells, no qual o autor propõe um conjunto de regras para um jogo de guerra com soldadinhos de chumbo, semelhante ao famoso Kriegsspiel alemão criado em 1812 para treinar o exército prussiano. E, então, eu costumava seguir as regras de Wells e brincar de fazer minhas pequenas guerras de soldadinhos.

O segundo momento de inspiração aconteceu uma noite, não sei se dias ou semanas antes de tirar aquelas fotos, quando um dignitário importante visitou a casa ao lado da nossa, onde moravam a irmã do meu pai e seu marido. Era alguém do governo, provavelmente um prefeito ou um ministro ou até o próprio presidente (o general Fernando Romeo Lucas García, que meus tios conheciam bem). Depois do jantar, já de pijama e pronto para dormir, eu me aproximei da janela do meu quarto e puxei um pouco as grossas cortinas e descobri que havia soldados rondando nosso jardim. A empregada, parada na porta do quarto, insistia para que por favor eu me afastasse da janela, que já era hora de ir para a cama. Eu não entendi sua urgência, nem seu tom um tanto agressivo, nem por que ela continuava se persignando, mas acabei obedecendo. Lancei mais um olhar para o jardim e a última coisa que consegui distinguir na escuridão da noite, antes de voltar a fechar as cortinas, foi uma imagem difusa das silhuetas de três soldados sentados à beirada do pneu, com suas botas pretas sobre a areia, seus fuzis pretos pendurados nos ombros, as brasas dos seus cigarros voando como vaga-lumes vermelhos na noite.

❁

Mas eu ainda conservo, milagrosamente, um punhado de fotos já desbotadas que tirei com aquela Kodak Instamatic, morando nos Estados Unidos. Há uma do meu irmão com sua bicicleta nova. Uma de um deslumbrante pelicano de cabeça amarela que uma tarde flutuava ferido ou perdido na nossa piscina. Uma do meu avô polonês na cama do quarto de visitas: ele está com uma camiseta branca sem mangas e segura um violino de segunda mão que minha mãe acabara de lhe dar (ele mal sabia uma música, "A Yiddishe Mame", que havia meio aprendido quando jovem em Łódź e que sempre o fazia chorar quando tocava); justo naquele momento, meu avô levantou um pouco o antebraço esquerdo, não se sabe se para se cobrir seu rosto de quem tinha acabado de acordar ou se para mostrar à câmera sua pequena tatuagem esverdeada (aqueles cinco dígitos no seu antebraço esquerdo são seu número de telefone, parece dizer meu avô ainda na cama, como costumava nos dizer quando éramos crianças). E há uma foto, já desbotada e um pouco dobrada, do meu pai. É o fim de 83. Meu pai, rodeado de gente, está sentado à cabeceira da mesa de jantar da nossa casa, sua camisa desabotoada, seu sorriso enorme, enquanto uma cigana coberta de lantejoulas douradas e quase nua dança à sua frente. Eu tenho então doze anos e meu pai nessa noite está completando quarenta anos e alguém, indubitavelmente algum de todos esses primos e amigos dele que também estão dançando e aplaudindo ao redor da mesa de jantar, contratou a cigana como uma surpresa.

Cada vez que vejo essa foto, sinto vontade de falar com aquele que era meu pai naquela noite do fim de 83, falar com aquele pai sorridente e eufórico e de apenas quarenta anos (dez anos mais jovem que eu ao escrever estas linhas). Mas eu não saberia o que lhe dizer. Talvez que nos esperam anos difíceis, que por favor ele tenha paciência comigo, que demorarei para encontrar meu próprio caminho. Ou talvez, mesmo que eu pudesse, não dissesse nada. Para quê?

❁

As barracas – fabricadas em lona verde-oliva, pesada e sufocante – pareciam militares. Provavelmente porque tinham sido. Na verdade, tudo no acampamento parecia militar. Os horários rigorosos; a hierarquia entre as crianças e também entre os instrutores; o uniforme obrigatório (tilboshet, em hebraico) de calças de gabardine azul, camiseta branca dura e engomada, lenço branco com borda azul amarrado no pescoço (anivá, em hebraico); até havia uma bandeira do acampamento (déguel, em hebraico) que precisávamos proteger a todo custo, embora eu não tenha entendido muito bem de que pessoa ou de quais pessoas. Na primeira tarde, já separados em grupos por idades (kvutzot, em hebraico) e alinhados numa espécie de formação marcial (mifkad, em hebraico), os instrutores hastearam aquela bandeira de fundo branco e letras azuis e nos disseram com uma seriedade imperiosa que deveríamos defendê-la até a morte e que, para isso, as crianças mais velhas fariam uma série de guardas ou vigilâncias (shmirot, em hebraico) durante toda a noite, em duplas. E que se algo acontecesse com a bandeira, nos disseram, o acampamento terminaria no mesmo instante.

Nosso grupo se chamava Palmaj. Samuel Blum nos explicou isso na primeira tarde, sentado num dos catres da nossa barraca, falando conosco com um sotaque quase caribenho, talvez venezuelano ou cubano ou dominicano, um sotaque que definitivamente não era guatemalteco. Palmaj, ele nos explicou com certo ar de superioridade, tinha sido o nome da unidade de soldados judeus de elite do exército não oficial, chamado Haganá, durante o Mandato Britânico da Palestina, na década de 40, antes da criação do Estado de Israel. Muitos dos seus membros originais, ele explicou, como Isaac Rabin, Yigal Alón e Moshé Dayán, formariam depois o alto comando do exército e do governo israelenses.

Nenhum de nós compreendeu o que ele estava falando, mas também não importava. Gostamos do nosso nome, Palmaj, que soava heroico e lendário, e gostávamos de Samuel.

Éramos uma dúzia de meninos, todos com idades entre doze e catorze anos, a maioria da Guatemala. O mais extrovertido e tagarela dos guatemaltecos se chamava Gabriel Lerner, mas seu apelido era Perico por causa de um moletom verde-neon que ele nunca tirava, e com quem, anos antes de me mudar para os Estados Unidos, eu tinha jogado, na casa dele, um dos jogos mais violentos e proibidos e emocionantes da minha infância. Também havia no grupo um trio de mexicanos: um ruivo gordinho e de pele muito rosada chamado Saúl Grossman, que saía da barraca todas as noites para roubar pães e chocolates da despensa do refeitório; um garoto introvertido e solitário de sobrenome Koslowski, do qual me lembro rastejando no chão, dedicado quase exclusivamente à inútil tarefa de procurar e colecionar tampinhas das garrafas de água com gás; e um tenista federado e, segundo diziam, muito bom, chamado Mauricio Levy, que passava os dias falando da namorada e perseguindo a namorada e beijando a namorada atrás de alguma barraca ou árvore. Havia um panamenho milionário chamado Elie Rosenberg, um menino com olhinhos de peixe e cabelo oleoso, e tão prepotente e insuportável que uma noite, enquanto dormia, enfiamos sua mão direita numa bacia com água morna para que ele fizesse xixi na cama. Havia ainda um costa-riquenho muito simpático chamado Benjamín Weiss, que caminhava sempre na ponta dos pés e que era um só punhado de espasmos e tiques verbais (anos depois, fiquei sabendo que ele sofria da síndrome de Tourette) e que, por razões médicas que nunca compreendi, não tinha umbigo, nada, nem sequer sombra de umbigo na sua barriga, algo que para mim era como dizer que ele tinha nascido sem mãe. No nosso grupo também havia um nicaraguense meio moreno de sobrenome Martínez, cujo primeiro nome eu esqueci ou possivelmente nunca soube, pois todos o chamávamos apenas de Martínez, e cujo judaísmo questionamos naquele primeiro dia, logo depois que Samuel saiu da barraca. Não havia judeus nicaraguenses. Também não havia judeus com o sobrenome Martínez. Ele se defendeu como pôde das nossas acusações, dizendo que sua mãe era, sim, judia (seu pai não) e recitando um par de orações simples em hebraico e até se oferecendo para abaixar as calças para nos provar. Mas dissemos que não era necessário e saímos todos correndo da barraca com uma bola de futebol. Ninguém ali estava animado para ver um pênis nicaraguense.

❁

Era preciso derrubar o outro. Nisso consistia o jogo. Vencia aquele que conseguisse fazer o outro voar pelos ares e cair mais vezes no chão. Eu jogava com Perico, sempre vestido com seu moletom verde-neon, e sempre no mesmo pátio de pedras da parte de trás de sua casa, que ficava a poucas quadras da minha. Eu era mais novo que ele (dez meses mais novo), e então tinha de montar na bicicleta primeiro. Perico se posicionava no centro do pátio, já armado com um velho cabo de vassoura nas mãos, e eu começava a dar voltas ao seu redor o mais rápido que podia, no perímetro do pátio, enquanto ele esperava o momento preciso para inserir o cabo de vassoura entre os raios de uma das rodas da bicicleta e me derrubar. Se eu conseguisse manter o equilíbrio, ganhava um ponto; se caísse, ele ganhava um ponto (embora seja provável que isso de pontos não tenha sido assim e eu esteja apenas inventando agora, para dar ao jogo uma ordem mais contável, mais numérica). Depois trocávamos de lugar: Perico subia na bicicleta e eu pegava o cabo de vassoura e me posicionava no centro do pátio de pedras e tentava derrubá-lo. Jogávamos em segredo, claro, sem contar para ninguém, pois sabíamos que nosso jogo era insensato e perigoso. Houve arranhões. Hematomas. Algumas lágrimas. Nenhum osso quebrado.

❁

Na primeira noite, às três da manhã em ponto, soou o alarme do meu relógio digital: um Casio vistoso, de plástico preto. Pulei do catre e coloquei as botas e o casaco e peguei minha pequena lanterna e, ainda meio dormindo, saí da barraca para a noite escura e gelada.

Quando finalmente cheguei à clareira na floresta onde estava a bandeira, percebi que havia uma garota lá com os braços cruzados e o cenho franzido.

Você está atrasado, disse ela.

Mas são três horas, me defendi, mostrando meu relógio digital.

São três e dez, anunciou ela, e nosso turno começou há dez minutos, sem você.

Ela me deu as costas e foi se posicionar do outro lado do poste de ferro e não nos dirigimos mais a palavra ou o olhar durante a hora em que ficamos de vigia juntos, cada um num lado oposto da bandeira.

Ela se chamava Regina. Tinha catorze anos, cabelo preto-azulado, pele pálida e sardenta, e era mais alta que eu.

❀

Na tarde seguinte, enquanto nós doze fazíamos uma caminhada com Samuel ao longo de um riacho, e possivelmente devido a tudo que ele passara o dia inteiro nos dizendo e pregando, comecei a entender que as atividades, mais que didáticas, eram de doutrinação.

Durante a formação marcial daquela manhã, tínhamos tido de cantar várias canções folclóricas em hebraico, além de decorar o hino do acampamento e o hino nacional de Israel, o Hatikva. Ali mesmo, sem romper a formação, nos ensinaram a compreender as ordens que nos gritavam também em hebraico: sheket (silêncio), ten kavod (a saudação oficial, com a mão direita no ar e os dedos indicador, médio e anelar levantados), amod dom (postura firme, pés juntos, mãos ao lado do corpo), amod noach (postura relaxada, pés afastados na largura dos ombros, mãos nas costas). Depois nos fizeram marchar em fila pelo acampamento por mais de uma hora, no estilo de um esquadrão; se algum instrutor se aproximasse e gritasse rimón smol (granada à esquerda), tínhamos de nos lançar imediatamente para a direita, buscar cobertura e proteger uns aos outros; e se algum instrutor chegasse e gritasse rimón yamin (granada à direita), precisávamos fazer o mesmo, mas para a esquerda. Pela forma como gritavam e repreendiam as crianças que pareciam não obedecer completamente às ordens, começou a parecer que alguém de fato tivesse lançado uma granada prestes a explodir.

Todas eram atividades de doutrinação, é claro. Embora eu nunca as tenha chamado assim, nem minha análise de pré-adolescente pudesse ser tão elaborada. Mas algo em minha mente ainda ingênua começou a perceber que os jogos e as músicas e as refeições e as conversas e até mesmo as caminhadas pelo bosque tinham um mesmo propósito: incutir em nós não um judaísmo religioso, nem um judaísmo ortodoxo, nem um judaísmo reformista e nem sequer um judaísmo laico, algo que talvez eu tivesse esperado; mas sim que todo o programa do acampamento estava projetado para fomentar em nós o sentimento de sentir-se um judeu entre judeus. Como membros de um clube privado. Ou como habitantes de uma única comunidade. Ou como cidadãos obedientes e bem-educados de um Estado, neste caso um Estado sionista em plena diáspora do planalto guatemalteco.

No meio da caminhada ao longo do riacho, então, sem dizer nada a ninguém e sem ter pensado nisso antes, parei, dei meia-volta e regressei sozinho para o acampamento através da floresta.

Naquela tarde, já no meu catre, Samuel me confrontou bastante irritado. Mas eu não quis lhe dizer o que estava pensando, ou melhor, sentindo, e me limitei a balbuciar alguma mentira sobre meu estômago e sobre como os feijões e as tortilhas e os tamales de chipilín e o atol de elote, e todo o resto da comida guatemalteca, tinham me caído mal.

❀

Fiquei surpreso ao saber que naquela noite novamente eu teria turno de guarda da bandeira, das duas às três da manhã. Um castigo de Samuel, supus, pelo meu comportamento durante a caminhada. Mas dessa vez fui dormir já com as botas e o casaco postos, e meu alarme tocou às dez para as duas. Quando cheguei à clareira na floresta, alguns minutos mais cedo, descobri com estranheza que Regina estava lá novamente, só que agora sentada na grama, de pernas cruzadas, ao lado do mastro de ferro. Tinha um livro aberto numa das mãos e uma pequena lanterna acesa na outra.

Fomos colocados juntos de novo, adiantou-se a dizer, talvez percebendo minha surpresa ou minha confusão. Vou ler um pouco enquanto você vigia, tudo bem?

Falava sem levantar os olhos do livro, como se não quisesse interromper a leitura ou como se não quisesse nem me olhar. Pensei em perguntar o que ela estava lendo. Depois, pensei em perguntar de qual ou de quais pessoas deveríamos proteger a bandeira. Mas apenas respondi que tudo bem e estava prestes a me posicionar do outro lado do mastro quando sua voz me deteve.

Você mora nos Estados Unidos?

Eu lhe disse que sim, no sul da Flórida, fazia três anos. Ela ficou em silêncio por uns segundos e notei que seu indicador estava se movendo em linha reta sobre a página. De repente, a luz da lanterna me cegou.

Por isso você fala tão mal espanhol, disse ela, iluminando meu rosto.

Não respondi nada, e Regina também não disse mais nada; apenas voltou a luz para a página do livro e continuou lendo em silêncio, até que nossa hora juntos terminou e cada um foi para seu catre dormir.

❀

Pela manhã, enquanto nós doze tomávamos café da manhã na barraca maior, que servia de refeitório, onde uma mulher indígena – de huipil e corte e uma grinalda de tecidos azuis na cabeça – cozinhava todos os cafés da manhã e almoços e jantares, Samuel nos pegou olhando furtivamente um velho caderno que algum dos meninos do meu grupo tinha conseguido ou talvez roubado na noite anterior. Nunca soube ao certo. Também não soube quem. Mas era o tenista federado Mauricio Levy quem agora o segurava, embaixo da mesa.

Na página aberta, havia uma ilustração de três soldados com uniformes verdes e capacetes verdes segurando à força uma mulher vestida de vermelho e amarelo. Um dos soldados estava tapando sua boca com uma mão enquanto com a outra segurava sua nuca. O segundo soldado mantinha os braços da mulher bem imobilizados entre os seus. E o terceiro, posicionado atrás dela, parecia estar cortando à força uma mecha do seu cabelo com uma tesoura. A mulher estava de olhos fechados, o pescoço torcido, o rosto numa dolorosa contorção de desespero. Acima da ilustração, em letras miúdas e arredondadas, estava impressa uma única palavra: agarrada. E abaixo da ilustração, a mesma palavra, agora dividida em sílabas: a-gar-ra-da. No resto da página havia uma série alternada de linhas contínuas e pontilhadas.

Estávamos todos amontoados em volta de Mauricio Levy, muito concentrados, observando e comentando em sussurros a estranha ilustração, tentando compreendê-la. E ninguém percebeu que Samuel tinha entrado na barraca e se aproximado da nossa mesa até que ele já estava quase em cima de nós, arrancando o caderno das mãos do tenista mexicano e exigindo saber de quem era e onde o havíamos conseguido. Ficamos em silêncio, apenas olhando para Samuel, que segurava o caderno aberto diante de nós como um professor dando aula, enquanto nos lançava acusações e berros, exibindo por alto outra ilustração.

Agora, um homem estava de joelhos diante de uma escrivaninha pintada de vermelho, em cuja superfície havia uma faca, um pequeno rádio portátil, um chicote enrolado e uma folha de papel. O homem, vestido com o que provavelmente era uma batina de padre, tinha uma corda no pescoço e os olhos vendados e as mãos amarradas atrás das costas. Também trazia correntes e grilhões nos pés. Sentado numa cadeira do outro lado da escrivaninha vermelha, um soldado que parecia um oficial apontava para ele com o dedo indicador ou com uma pistola, não ficou muito claro para mim. Em pé, ao redor do homem vestido de padre, vários soldados com uniformes pretos e boinas vermelhas o vigiavam e apontavam suas espingardas. Acima da ilustração, de novo em letras minúsculas e redondas, havia uma única palavra: interrogatório. Abaixo da ilustração, a mesma palavra dividida em sílabas: in-ter-ro-ga-tó-rio. E no restante da página, a mesma alternância entre linhas contínuas e pontilhadas.

Nenhum de nós dizia nada. Sabíamos que aquele era um caderno ilícito, talvez até ilegal, mas não sabíamos exatamente por quê.

Samuel então soltou apenas um suspiro de frustração e dobrou o caderno ao meio e o guardou no bolso traseiro de sua calça e nos disse que preparássemos rápido uma mochila leve, pois faríamos uma excursão de dia inteiro pela montanha. Depois sorriu de leve e seu olhar mais uma vez se tornou mais azul ou talvez menos azul e imaginei a cobra vermelha deslizando lentamente para dentro do seu impermeável. Hoje, ele nos disse, vocês aprenderão a sobreviver na natureza.

Saímos do acampamento no meio da manhã e começamos a subir a montanha por uma trilha com uma densa folhagem. Eu levava minha mochila nas costas e, por precaução, minha câmera Instamatic no bolso do casaco. A caminhada foi muito mais difícil e íngreme do que havíamos previsto, e embora a maioria de nós tenha aguentado bem (Martínez era, como sempre nas atividades físicas, o mais apto), Saúl, o mexicano ruivo e gordinho e de pele rosada, não parou de reclamar durante as duas horas inteiras, ofegando e cuspindo enquanto caminhava dez ou vinte passos atrás do grupo. Quando finalmente chegamos a um terreno mais plano, uma espécie de planície ou pradaria, Saúl caiu de joelhos e vomitou todo o seu café da manhã na terra.

Passamos o resto do dia aprendendo várias técnicas de sobrevivência com Samuel. Ele nos ensinou como fazer um abrigo com galhos e folhas e um teto de casca de cedro, caso precisássemos dormir ao relento. Mostrou-nos como construir uma fogueira em forma de pirâmide num lugar seguro – nunca perto de uma árvore, nos disse, e sempre dentro de um círculo de pedras –, como fabricar uma tocha sueca a partir de um tronco de pinheiro, como fazer fogo de duas maneiras: usando a lente de um par de óculos ou o fundo de uma garrafa de vidro e os raios do sol, e também apenas com o atrito entre um graveto e uma pedra (Martínez foi o único que conseguiu). Ele nos ensinou como secar nossas meias molhadas e o interior das nossas botas enfiando dentro delas quatro ou cinco pedras fervidas. Nos mostrou como e onde encontrar água e também como torná-la potável, primeiro passando-a por um filtro feito de musgo, casca de árvore, areia fina, pedrinhas e pedaços de carvão, e depois fervendo-a. Nos ensinou a produzir corda a partir das raízes de uma conífera, a criar um anzol para pescar usando o lacre de uma lata de alumínio (meu irmão, tão habilidoso para esse tipo de manualidade, fez um anzol perfeito). Ele nos ensinou primeiros socorros: como tratar um corte e uma queimadura e também como construir uma maca com troncos e galhos, na qual tivemos de carregar o gordinho Saúl de volta ao acampamento no fim da tarde, descendo a montanha, revezando-nos nas quatro extremidades.

Ficou claro para todos que Samuel era um especialista em técnicas de sobrevivência. Mas ninguém teve o bom senso de perguntar por que nem onde ele havia aprendido tanto.

❁

Ao voltar da caminhada, exausto e imundo, pedi permissão a Samuel para me lavar um pouco no riacho, apesar de já estar quase de noite. E Samuel, a contragosto, me disse que fosse rápido, pois logo nos chamariam para o jantar.

Saí da barraca e comecei a atravessar a clareira na floresta. Passei ao lado da bandeira, depois ao lado de uma pequena fogueira e depois ao lado de um círculo de pessoas sentadas na grama em volta de um violonista que cantava uma música em hebraico: os olhos fechados, a voz grave e rouca, o queixo levemente erguido, no rosto uma expressão rígida e dolorosa. Continuei andando e logo cheguei à abertura entre as árvores, onde começava a trilha estreita que descia até a água, e me afastei rápido do acampamento. O som do violão foi se apagando pouco a pouco às minhas costas até desaparecer por completo, e me ocorreu que, numa floresta densa e frondosa, não havia espaço suficiente para tantas notas musicais. E mesmo caminhando depressa, no silêncio e na sensação de solidão que agora reinava entre as árvores, percebi que havia deixado na barraca meu casaco e também minha lanterna de mão. Mas o brilho da lua me ajudava, uma lua cheia ou quase cheia, de cor acinzentada e como se fosse toda feita de papel machê. Além disso, eu já conhecia bem o caminho, com ou sem luz. Continuei andando pela trilha e estava prestes a chegar à margem do riacho quando ouvi ruídos e respingos à minha esquerda. Virei o olhar e descobri que lá embaixo, no centro de um pequeno reservatório, havia uma mulher nua.

Fiquei imóvel, como se hipnotizado, apenas olhando para ela deitada sobre aquele lençol escuro e liso que era o reservatório ao cair da tarde. Tive medo de ter sido descoberto. Mas rapidamente entendi que ela não havia escutado meus passos sobre a folhagem porque estava com a cabeça mergulhada na água, cobrindo-lhe os ouvidos; e também não tinha me visto descendo pela trilha, já que eu não levava nenhuma lanterna comigo. Em silêncio, apressei-me a agachar e me esconder atrás de uma variedade de palmeira com folhas grandes e largas e em forma de leque.

A mulher estava deitada de costas na penumbra do entardecer, meio flutuando na água rasa, meio deitada sobre as pedras do leito. Na superfície, seus seios firmes e redondos pareciam apenas mais duas pedras.

Do meu esconderijo, a uns quinze ou vinte metros de distância, eu não conseguia distinguir bem seu rosto. Mas isso também não me importava. Eu me sentia aceso, excitado, não sei se mais por causa daquele corpo pálido e maduro ou pelo fato de estar olhando para uma imagem proibida. Como sempre acontecia diante de uma mulher nua (até então, apenas nas revistas pornográficas guardadas numa gaveta), senti um formigamento ao redor da boca. Minhas mãos tremiam, mas não tanto por causa do frio. Passaram-se alguns segundos ou alguns minutos, e eu continuava agachado atrás das folhas da palmeira, sem me mover, sem sequer ousar piscar: temia que, ao abrir os olhos de novo, a mulher já não estivesse ali, deitada de costas, hipnotizante, emergindo como uma enorme flor branca da água escura e rasa. Acho que a ouvi murmurar algo na penumbra. Não palavras, ou não palavras em espanhol, ou não palavras inteligíveis, ou não palavras ditas para que alguém mais as ouvisse ou entendesse. Mas de repente ela voltou a guardar silêncio e se pôs de pé e, ainda molhada, começou a caminhar devagar até onde havia deixado sua blusa e sua calça e sua roupa íntima e suas botas e seus anéis e pulseiras, tudo alinhado com precisão sobre a terra, à beira do riacho. Lembro-me do movimento dos seus seios, da aréola cor de canela dos seus mamilos, do fulgor do diamante negro e perfeito que era seu púbis entre as sombras do entardecer. Lembro-me de que ela secou o rosto com uma pequena toalha branca e secou os ombros e secou os seios e depois enfiou a toalha branca entre as coxas e a toalha branca de repente deixou de ser tão branca. Pela sua perna pálida e longa, descia um fio escuro de sangue.

❁

Naquela noite, durante o jantar, uma das instrutoras pediu silêncio no refeitório, e eu, ao observar seus cabelos castanhos ainda úmidos, pensei que talvez fosse ela quem eu tinha visto nua no riacho. Impossível ter certeza. A instrutora então subiu numa mesa e anunciou os turnos de guarda da bandeira, e eu sussurrei algum insulto quando voltei a escutar meu nome e o de Regina para as três da madrugada. Um dos meninos guatemaltecos, sentado bem à minha frente, começou a rir. Era Gabriel Lerner. Fiquei furioso e provavelmente vermelho de raiva e já estava prestes a dizer algo quando ele, olhando para mim mas falando de mim na terceira pessoa, perguntou à mesa inteira se Eduardo era lerdo ou burro ou se se fingia de burro. Toda a mesa começou a rir (exceto meu irmão, é claro, que já estava se levantando para me defender). Na minha opinião, ele só se finge mesmo, finalizou Perico, e eu não sabia se lhe dava um soco ou jogava nele um prato de comida para manchar seu precioso e horrível moletom verde, mas não precisei atirar nada. Sorrindo para mim com malícia, ele anunciou em voz alta: Nosso gringo ainda não entendeu que a Regina está pedindo para fazer guarda com ele todas as noites.

❁

Dessa vez, cheguei primeiro.

Não tinha conseguido dormir por causa da emoção, ou dos nervos. Então, às duas e meia da manhã, já desesperado, saí da barraca em direção à clareira na floresta.

Ainda era cedo. Dois garotos mais velhos não haviam terminado o turno de guarda anterior. Eu, sem saber o que dizer ou fazer, só fiquei esperando sentado na grama, perto do mastro da bandeira. Os dois garotos mais velhos caminhavam de um lado para outro na minha frente, me observando com estranheza. Demasiado sérios, nem sequer conversavam entre si. Levantei o olhar e notei que a lua cheia, ou quase cheia, ainda estava no alto do céu, tingindo a noite de tons ocres. Não havia movimento algum no acampamento nem ruído algum na floresta. Eu permanecia ali sentado, ansioso e com as pernas cruzadas e as mãos enfiadas nos bolsos do casaco, e já começando a tremer um pouco (em uma das mãos segurava a câmera Instamatic, na outra um papel dobrado e redobrado em dois), quando por fim, às três em ponto, vi a luz da lanterna de Regina se aproximando e oscilando na noite clara.

Não me cumprimentou. Não disse nada. Apenas sentou-se ao meu lado, abriu seu livro e mais uma vez ficou lendo.

Eu tinha escrito uma lista de possíveis perguntas que queria fazer a ela – sobre aquele livro que sempre trazia na mão, sobre sua família, sobre seu colégio e suas amigas e seus passatempos favoritos –, e a mantinha bem guardada no meu bolso. Desnecessariamente, claro, pois de tanto pensar nelas e redigi-las e praticar, já as sabia de cor. Embora agora eu não encontrasse coragem para lhe fazer nenhuma pergunta com meu espanhol ruim. Fui ficando cada vez mais ansioso e desanimado até que, de repente, não soube se de propósito ou por acidente, senti que o joelho dela se aproximou do meu. E então se esfumaram todos os meus nervos e também se esfumaram todas as perguntas, e percebi como o calor começava a percorrer meu corpo (porque qualquer toque proibido nessa idade é o mesmo que sexo), e ficamos assim, absolutamente imóveis e com nossos joelhos mal se tocando enquanto Regina lia no escuro e eu desejava que nossa hora juntos não acabasse nunca. Mas aquela hora acabou rápido.

Regina se levantou de um salto e já estava prestes a voltar para sua barraca quando eu, gaguejando e também me apressando para me levantar, consegui finalmente lhe dizer que eu sabia que ela vinha pedindo para fazer a guarda comigo, e que eu também gostava muito de passar aquela hora com ela.

Houve um longo silêncio, ou que me pareceu longo, ou longo o suficiente para que seu olhar se tornasse ainda mais escuro e seu rosto, ainda mais pálido.

Não sei do que você está falando, e a noite a engoliu.

❁

Uma tarântula.

Era isso que Samuel tinha no braço esquerdo quando nos acordou aos gritos na madrugada. Ou foi o que eu achei, a princípio. Lembro-me claramente não só de ver uma enorme tarântula no seu braço esquerdo, mas de vê-la caminhando, vê-la se movendo devagar e sorrateira na minha direção. Agora me ocorrem, no entanto, algumas possíveis explicações para meu engano. Primeira: eu tinha passado uma noite péssima ao voltar para meu catre, depois do desprezo de Regina, e ainda estava meio dormindo (eu só escutaria muito tempo depois a música de cordas que tocava ao longe). Segunda: meus olhos ainda não tinham se adaptado ao clarão de luz que entrou pela portinhola da barraca, e quando finalmente recuperei a visão, não a recuperei por completo. Terceira: uma miragem pode acontecer com qualquer um, mais ainda com um menino de treze anos. Quarta: pareceu-me perfeitamente normal que alguém que andava por aí com uma pequena cobra vermelha no bolso do impermeável também tivesse uma tarântula negra caminhando pelo corpo. Quinta: a última coisa que eu esperava ver naquela manhã, sobre uma braçadeira vermelha atada ao redor do bíceps esquerdo de Samuel Blum, era uma suástica.

Quase não chego a Paris.

Estávamos prestes a embarcar no avião em Berlim quando a responsável pelo voo nos anunciou que o aeroporto seria fechado por causa dos ventos com força de furacão. Dirigi meu olhar para fora, através de uma grande janela. Ventos com força de furacão? Que ventos com força de furacão? Entre os passageiros começaram a circular rumores de que o aeroporto, fosse por causa desses ventos misteriosos ou por um complô capitalista, não voltaria a abrir até o dia seguinte. Alguns foram embora irritados. Outros alteraram a passagem. Eu fui me sentar numa poltrona, resignado e nervoso porque não chegaria ao meu bate-papo daquela noite na Fundação Cartier com a fotógrafa mexicana Graciela Iturbide. Mas, depois de uma espera de quase três horas, nos informaram que os ventos tinham diminuído um pouco ou pelo menos tinham deixado de ter força de furacão, e as autoridades do aeroporto haviam decidido retomar as operações de decolagem e pouso dos voos, e embarcaram todos nós no avião. Quando finalmente chegamos a Paris, apenas uma hora antes do início do meu evento, uma representante da companhia aérea, bastante jovem e confusa, nos anunciou em mau inglês que não tinha chegado uma única mala, e eu, já me apressando para sair do aeroporto apenas com minha bolsa de couro pendurada no ombro, imaginei um gigantesco e belo redemoinho espalhando todas elas pelo grisáceo céu de Berlim.

Um taxista de origem argelina, mais falante que amável, entendeu minha ansiedade e dirigiu como um maníaco pela estrada e depois pelas ruazinhas estreitas de Paris até me deixar em frente à entrada da Fundação Cartier, meio zonzo, um pouco desarrumado, mas a tempo.

Do lado de fora, na calçada, estavam Graciela Iturbide e meu amigo Alexis Fabry, o moderador do evento e também o curador da exposição retrospectiva de Graciela cuja inauguração faríamos naquela noite. Fiquei surpreso de vê-los ali, ao relento, até que percebi que Graciela tinha um cigarro na mão. Cumprimentei Alexis com um abraço e disse a Graciela que era um prazer conhecê-la. Depois pedi desculpas aos dois, contando a história do meu atraso e também explicando minha roupa casual e amassada. Ela sorriu e, captando perfeitamente meu estado de espírito, me estendeu o maço branco e dourado de Marlboro e me ofereceu um cigarro, e o doce aroma da fumaça imediatamente fez com que eu me sentisse melhor, ao mesmo tempo mais desperto e mais tranquilo. Mas você está muito elegante, Eduardo, disse Graciela, segurando minha mão entre as dela do mesmo jeito que minha avó egípcia fazia em outros tempos, como se as duas, Graciela e minha avó, quisessem cuidar de mim ou me proteger de algo só com as mãos. Fumamos por mais alguns instantes num silêncio agradável e sereno antes que Alexis nos dissesse que já era hora de entrar.

O salão estava lotado. Havia pessoas em todos os assentos e sentadas no chão dos corredores e até de pé na parte de trás, encostadas na parede. Nós três subimos ao palco e nos sentamos em poltronas de couro preto. Depois de algumas palavras introdutórias, Alexis foi fazendo perguntas a Graciela e a mim sobre nossos processos criativos, sobre a importância da surpresa na arte, sobre a relação entre imagens e histórias, sobre a memória e o luto e a dor. A conversa com Graciela foi agradável, fluida, por momentos muito emotiva. Ela falou da morte do seu mestre, o fotógrafo Manuel Álvarez Bravo, e da morte da sua filha quando tinha sete anos; eu falei da morte lenta do meu avô polonês enquanto delirava e alucinava na sua cama (acreditava que estava novamente preso em Auschwitz, que havia uma tropa de soldados das SS ali no quarto esperando para levá-lo de madrugada até o temido muro preto do Bloco 11 de Auschwitz, para fuzilá-lo), e da morte do menino Salomón, o irmão mais velho do meu pai (uma atriz leu em francês esse fragmento de um dos meus livros). Depois de uma hora, Alexis abriu a conversa ao público, um público formado por uma sucessão infinita de rostos anônimos que eu mal distinguia por causa dos refletores e projetores que me iluminavam de frente. Um senhor pediu o microfone e perguntou a Graciela sobre as novas fotografias de pedras que ela havia feito especialmente para aquela mostra. Uma moça, de pé no fundo do salão, me perguntou em francês sobre o conto que eu havia escrito para o catálogo, e que terminava, de fato, com a morte prematura e misteriosa do menino Salomón. Outra moça perguntou a Graciela sobre sua famosa imagem da senhora das iguanas. Alexis então anunciou que só tínhamos tempo para mais uma pergunta, e uma mulher se levantou na primeira fila e pediu o microfone e me perguntou, nervosa e gaguejando, sobre a relação que eu mantinha com a Guatemala e com o judaísmo, e antes de responder – uma resposta que eu já sei de cor –, guardei silêncio por alguns segundos e levei a mão à testa para bloquear a intensa luz branca.

Regina?

❁

Acordei cedo demais, apesar do cansaço e das poucas horas de sono, e permaneci deitado de costas na cama, dando uma chance para que o mundo parisiense também acordasse. A luz mal começava a ser luz. O quarto, numa esquina, tinha o formato de um quadrilátero irregular. O colchão da cama era um pouco curto e meus pés descalços pendiam da beirada, para fora de um fino lençol branco. Fiquei olhando para meus pés por um bom tempo, imóvel, concentrado – enquanto com uma das mãos procurava e sentia ou achava sentir o caroço no meu ventre –, e continuava olhando para os pés quando, de repente, imaginei claramente uma pequena etiqueta bege amarrada ao dedão do pé direito. Meus pés eram agora os pés de um morto. Meus pés eram meus pés no necrotério e meus olhos eram os olhos do meu filho olhando os pés do seu pai. Eu estava morto e deitado de costas sobre uma mesa metálica do necrotério e coberto por um lençol branco, exceto pelos pés, esses mesmos pés que agora saíam pela outra ponta desse outro lençol branco e que pendiam da borda. E meu filho entrava no necrotério e caminhava até a mesa metálica cuja altura era igual à sua e olhava para a pequena etiqueta bege e depois olhava os pés pálidos e descobertos que pendiam da borda e nesses pés mortos reconhecia seu pai.

Saí da cama num pulo, como se sacudisse de cima de mim não apenas o lençol branco, mas também as imagens e os pensamentos.

Tomei banho devagar, com o viscoso torpor da insônia, e ainda nu comecei a andar um pouco pelo quarto, meio indeciso, deixando pegadas e manchinhas escuras de água sobre um velho tapete cor de terracota. Finalmente vesti a mesma roupa da noite anterior e, pendurando no ombro minha bolsa de couro cheia de papéis e livros e lápis e até um talismã preto e pré-histórico (porque todo ato literário, dizia um amigo gago, também precisa de um talismã), saí do pequeno quarto no terceiro andar e também do pequeno hotel na Place de l'Odéon.

O ar de fevereiro estava quieto, impalpável. As nuvens formavam uma única cúpula cinzenta e pesada, e eu fiz o mesmo trajeto até o mesmo café, localizado numa rua sombria e pouco movimentada em frente ao Jardim de Luxemburgo, e no interior do qual o tempo parece não passar. Nunca soube, nem nunca me importou, seu nome. É barulhento demais. As cadeiras de madeira são duras e desconfortáveis. Cheira a naftalina. O café é bom, sem ser excelente. Os croissants e as baguetes são, certamente, feitos numa padaria industrial. Mas, quando estou em Paris, gosto de me hospedar no mesmo hotel, se possível, e sair cedo do mesmo quarto de esquina e irregular no terceiro andar, se estiver disponível, para comer um croissant nesse mesmo café e depois ficar ali sentado por algumas horas, tomando vários expressos enquanto leio um pouco ou escrevo à mão. Eu jamais escrevo à mão, e jamais escrevo num café. Mas uma vez, anos atrás, durante uma viagem relâmpago a Paris, escrevi nesse pequeno café, à mão e de uma só vez e numa série de guardanapos de papel que fui preenchendo e riscando como um alucinado, uma cena central sobre a morte do menino Salomón. E desde então, quando estou em Paris, gosto de repetir todas as manhãs a mesma rotina, não sei se por superstição, ou por gratidão ao velho de cabelos brancos e barba de cossaco que está sempre atrás do balcão e me atende sem o menor entusiasmo, ou talvez pela esperança, até agora frustrada, de que aquele arrebatamento literário e mágico volte a acontecer.

E já sentado na mesma cadeira, junto à janela pela qual se vê a grade de ferro preto do Jardim de Luxemburgo, e com um croissant medíocre e um expresso ainda morno sobre a mesa, vi Regina entrar.

❁

Não sei como a reconhecera na noite anterior, depois de tantos anos, e com a vista cada vez mais míope, e mal vislumbrando seu rosto na escuridão, entre o público. Ela começou a me fazer uma pergunta sobre a relação que mantenho com a Guatemala e com o judaísmo e eu soube de imediato, pelo seu sotaque, que era guatemalteca; e também soube, pelo tom das suas palavras ou, melhor dizendo, pela textura das suas palavras, que era judia (esse reconhecimento entre judeus é algo inefável, mas tão evidente entre judeus quanto difícil de explicar a alguém que não o é). Depois consegui ver seu rosto na penumbra, por trás da luz dos refletores. Um vislumbre momentâneo e desfocado, como algo visto através da chuva. E, embora seu rosto tivesse mudado muito com a idade – era agora talvez mais suave e mais redondo –, também estava ali o rosto pálido e sardento da menina de catorze anos que eu havia conhecido. E é assim mesmo. Apesar das rugas e cicatrizes e cirurgias, o rosto da criança que fomos permanece para sempre sob a máscara do adulto que somos.

Depois do evento, Regina havia se aproximado do palco, porém mal conseguimos conversar enquanto eu autografava livros e catálogos numa mesa, sentado ao lado de Graciela. Ela me disse que morava em Paris havia muitos anos e que não hesitara em vir me cumprimentar quando soube do evento e reconheceu meu nome. Perguntei-lhe se podia me esperar alguns minutos para conversarmos com mais calma e ela disse que sentia muito, que tinha um compromisso e precisava ir embora imediatamente. Talvez a gente tome alguma coisa mais tarde, então?, perguntei em meio ao barulho. Ela pareceu considerar por um segundo, fazendo o cálculo matemático de sabe-se lá que fatores e probabilidades e números. Aproveitei esse segundo para lhe dizer que teria um jantar com Graciela e Alexis e a equipe da Fundação Cartier e que não sabia a que horas terminaria, mas que, ainda assim, poderíamos nos encontrar em algum lugar depois. Sinto muito, Eduardo, não posso, me disse, e pela sua expressão ou pela sua postura soube que a matemática não tinha fechado e que ela já estava prestes a se despedir – uma despedida que a gente, na minha idade, adivinha que pode ser para sempre –, e me ocorreu então perguntar se ela queria tomar café da manhã comigo no dia seguinte, bem cedo, num café horrível.

❁

O velho de cabelos brancos se aproximou da nossa mesa com o andar de quem não quer chegar ao destino, e ali permaneceu, em silêncio, os braços cruzados e a testa franzida, e olhando para nós dois ao mesmo tempo, ou seja, olhando para cada um de nós com um dos seus olhos estrábicos. Ou assim parecia. Como se tivesse desenvolvido e aperfeiçoado o estrabismo para vigiar simultaneamente dois clientes. Regina, já sentada e desenroscando do pescoço uma longa echarpe de veludo cor de vinho tinto, pediu um expresso num francês sem traço algum de sotaque, e o velho, resmungando alguma coisa apenas pelo prazer de resmungar, se afastou com passos cansados em direção ao seu posto atrás do balcão. Ficamos os dois em silêncio por alguns instantes, em lados opostos da mesa, apenas nos observando e julgando mutuamente e, talvez, também julgando o absurdo da situação. Ela usava um suéter branco-marfim, delicado, leve, um tipo de lã merino. No pulso direito, tinha uma pulseira de contas de algum tipo de pedra verde, possivelmente jade; no anelar esquerdo, um anel fino da mesma pedra verde e prata esmaltada. Seu cabelo era agora um preto menos preto, um preto mais tênue com reflexos grisalhos, e a pele do seu rosto tinha aquele brilho que a pele pálida jamais maquiada adquire no inverno. Por causa da luz, das sombras, dos anos já mortos, ela tinha às vezes cinquenta e às vezes catorze.

Te surpreendi?, perguntou-me sorrindo com brejeirice, e eu disse que sim, um pouco.

Na noite anterior, Regina tinha me dito que não poderia ir, que precisava comparecer a uma reunião de trabalho no começo da manhã. Mas, mesmo assim, eu lhe explicara onde ficava o pequeno café, caso ela mudasse de ideia.

Um homem, de pé e meio encurvado diante do balcão, nos observava sem nenhuma discrição. Estava vestido com um macacão azul-marinho de encanador ou pedreiro e movia os lábios sem dizer nada, mais como um espasmo nervoso do que como alguém articulando palavras. Parecia irritado, talvez por causa do seu olhar fixo e implacável e da testa permanentemente enrugada. Apesar da hora da manhã, segurava na mão gorda e manchada de graxa uma taça de conhaque. Seus dedos, percebi à distância, estavam tingidos de âmbar, provavelmente por causa de sabe-se lá quantos anos fumando cigarros sem filtro. Pendurados à sua frente, ou seja, na parede do outro lado do balcão, havia uns dez ou doze mapas antigos de Paris, de diferentes épocas, de vários tamanhos e cores, alguns deles em estado precário e outros mais bem conservados, mas todos com um dardo ou alfinete vermelho cravado no mesmo ponto, na mesma interseção de duas ruas em frente ao Jardim de Luxemburgo, provavelmente essa mesma esquina onde agora ficava o café. Você está aqui, em vermelho, como para orientar qualquer cliente perdido.

Pensei que você não viria, disse a Regina, e ela soltou um suspiro que me soou como muito mais que um suspiro, e voltou o olhar para fora e me disse que seu escritório ficava bem perto dali, do outro lado do parque, e que tinha vindo de bicicleta. Perguntei em que ela trabalhava e ela estava prestes a me responder quando apareceu o velho e deixou sobre a mesa outro expresso e um copinho pequeno cheio demais de água. Ela agradeceu com um sussurro quase inaudível e levou a xícara branca aos lábios, e eu estremeci ao reconhecer sua mão. Uma mão que eu tinha esquecido por completo, ou que acreditava esquecida por completo. Reconheci sua forma. Seus dedos longos e finos. As sardas quase invisíveis no dorso. O formato arredondado e o tom rosado das unhas. Sem saber, eu havia guardado durante anos a lembrança daquela mão, ao alcance mas bem sepultada em alguma fenda da minha memória, apenas esperando ser desenterrada e sacudida do pó no exato instante em que ela erguesse uma xícara branca de café. Pensei em lhe dizer, em comentar minha surpresa e meu sobressalto ao reconhecer uma mão que eu pouco tinha visto tantos anos atrás. Mas achei inapropriado, ou achei que ela não acreditaria, e então apenas continuei observando seu rosto e suas mãos e me perguntei se as imagens que vemos na infância não ficam armazenadas numa câmara diferente da nossa memória, uma câmara secreta, uma câmara protegida para sempre da passagem dos anos. E me perguntei quantas lembranças da minha infância ainda mantenho ali, nessa câmara secreta, aparentemente esquecidas, apenas esperando sua xícara branca de café.

Sou advogada, disse Regina, tomando outro gole de expresso. Contou que ela também tivera que deixar a Guatemala muitos anos atrás, ainda na adolescência. Perguntei por que e Regina apenas fez um gesto muito sutil com a cabeça que pôde ter significado algo ou não ter significado nada, e me disse que primeiro terminou o ensino médio em Londres, depois estudou direito internacional em Genebra e, em seguida, começou sua carreira profissional em Bruxelas, onde conheceu o pai das suas filhas, um advogado parisiense de sobrenome Brodsky. E então agora ela era Regina Brodsky, me disse, e já levava metade da vida vivendo e trabalhando ali, em Paris.

❁

Regina tinha quinze anos quando, certa tarde, acompanhou a mãe ao supermercado La Sevillana, na avenida Reforma, na capital guatemalteca. Assim que entrou, Regina disse à mãe que iria ver uns cremes para as mãos e a mãe respondeu que se apressasse e ficou esperando por ela na seção de frutas e verduras. Dez minutos depois, sua mãe foi procurá-la e não a encontrou no corredor dos cremes de mãos nem em nenhum outro corredor do La Sevillana, e então soube, embora depois não pudesse explicar como soube, que sua filha havia sido sequestrada.

Por fim, localizou o gerente. Agitada, à beira do choro, implorou para que fechassem todas as portas do supermercado, caso os sequestradores ainda estivessem lá dentro. O gerente, incrédulo, recusou-se a fazê-lo. A mãe de Regina gritou que, se não fechassem as portas, tanto as principais quanto as de serviço, eles seriam cúmplices e responsáveis pelo sequestro da filha dela. Alguns clientes, a maioria mulheres mais velhas, perceberam a situação e começaram a exigir que o gerente ajudasse a senhora, até que ele finalmente cedeu e ordenou aos funcionários que trancassem com chave todas as entradas e saídas. E então todos os funcionários e alguns clientes também começaram a procurar Regina, a gritar seu nome pelos corredores e pelas várias seções do supermercado. Passou-se um tempo breve, de não mais que cinco minutos, mas que a mãe de Regina lembraria como horas, até que uma caixa um pouco gordinha chegou correndo para avisar que havia uma moça desmaiada no chão do banheiro.

A mãe de Regina soltou um suspiro de alívio e saiu apressada atrás da caixa, sentindo-se também um pouco envergonhada pelo escândalo que tinha armado com o suposto sequestro. Sua paranoia, embora não totalmente injustificada, lhe pareceu quase engraçada. Pensou que, na verdade, a filha só havia precisado ir ao banheiro, onde, por alguma razão, talvez uma virose ou uma comida estragada, a pobre menina tinha desmaiado.

A caixa abriu a porta do banheiro e as duas mulheres entraram, e a mãe de Regina sentiu uma onda de inquietação ao perceber que a moça caída sobre os azulejos do chão não era sua filha.

E estava prestes a dizer isso à caixa, ou melhor, a repreendê-la, como se a caixa fosse a culpada não só por uma falsa esperança, mas por toda a situação, quando então reconheceu o formato levemente arrebitado do nariz e depois reconheceu os pequenos pés descalços sobre os azulejos, e então compreendeu que a moça ali desmaiada era, de fato, Regina. Mas agora ela usava outra roupa (uma minissaia vermelha que sua filha jamais usaria), e estava com batom demais (sua filha nunca se maquiava), e alguém acabara de raspar todo o cabelo da sua cabeça.

❁

Entraram no café dois meninos com mochilas, vestidos exatamente igual. Sentaram-se à mesa ao lado e, como se fosse parte de uma tradição de todas as manhãs, o velho de cabelo branco trouxe-lhes dois croissants e duas canecas enormes de chocolate quente.

Éramos mais ou menos assim quando nos conhecemos no acampamento, eu disse a Regina, apontando para os dois meninos com o queixo. Não, Eduardo, éramos um pouco mais velhos, ela disse com demasiada nostalgia na voz. Então voltou o olhar para mim. Além do mais, ela disse, já tínhamos nos conhecido antes. Como antes?, perguntei, incrédulo. Não nos conhecemos no acampamento? Regina balançou a cabeça. Você não se lembra?, me repreendeu. Tínhamos nos encontrado pela primeira vez um ano antes, ela disse, durante o verão, na casa de praia dos seus primos. Sério? Sério, ela caçoou. Você não reparou em mim, mas eu reparei em você.

De repente, os fragmentos do quebra-cabeças começaram a se encaixar.

Foi por isso que você pediu para fazer a guarda comigo?

Regina sorriu.

Mas você, monsieur Halfon, nem falava comigo.

Tomei um gole de expresso – que, como já era de costume, provocou uma pontada de dor no meu estômago – e então, com a felicidade desenfreada de um menino de treze anos, contei-lhe sobre aquela lista de perguntas no bolso, e Regina me explicou que a instrutora cúmplice que fazia a escala dos turnos de vigia era a melhor amiga da sua irmã mais velha. E eu lhe lembrei do livro que ela sempre carregava nas mãos e lia em todos os lugares (*Franny and Zooey*, de Salinger, me disse, para praticar o inglês), e Regina, por sua vez, me lembrou que eu havia me negado terminantemente a dançar com ela numa atividade de danças folclóricas (rikudim, em hebraico). E eu lhe disse os nomes de duas das posições que nos haviam ensinado para ir ao banheiro ao ar livre (o orangotango e o caranguejo), e Regina me mencionou outras duas (o esquiador e o esquiador duplo). E eu lembrei do tenista mexicano e sua namorada se beijando e se apalpando atrás de qualquer árvore ou barraca, e Regina me disse que, como era usual e até esperado pelas famílias, vários casamentos haviam surgido daquele acampamento. E eu lhe contei do caderno que alguém do meu grupo havia encontrado ou roubado, com a ilustração de uma mulher agarrada e amordaçada por três soldados vestidos de verde, e com outra ilustração de um padre sendo interrogado e talvez também torturado, e Regina me disse que, pela maneira como eu estava descrevendo, talvez fosse um caderno de alfabetização e treinamento feito pela guerrilha durante aqueles anos, possivelmente pertencente a algum dos meninos indígenas que ajudavam e faziam a limpeza no acampamento (dos quais, até ela ter mencionado, eu havia esquecido por completo, mas ali estavam aqueles cinco ou seis meninos indígenas desde o início, desde Santa Apolonia, carregando as barracas e os catres e toda a nossa comida pela montanha; havia um chamado Caliche, um menino da minha idade, de olhos pretos e pele muito morena, a quem faltava um braço, falta que não o incomodava). E eu contei a Regina sobre a mulher nua e sangrando enquanto se banhava uma noite no riacho, e ela me explicou que as instrutoras mais religiosas usavam aquele riacho à noite quando menstruavam, como banho de purificação (mikvê, em hebraico). E eu confessei minha euforia com o toque dos nossos joelhos durante toda uma hora, e ela me disse que nem se deu conta.

Os dois meninos, que provavelmente eram irmãos, haviam terminado os croissants e os chocolates quentes e, depois de se despedirem do velho que provavelmente era o avô deles, saíram correndo do café.

Regina se virou para trás e alcançou sua bolsa pendurada no encosto da cadeira e enfiou ali a mão, e fiquei surpreso ao vê-la pegar um maço de cigarros Gitanes que colocou sobre a mesa. Era um maço azul-celeste, imperfeitamente quadrado, e na frente havia um esboço da silhueta escura e refinada de uma mulher dançando. Você fuma?, perguntei. Às vezes, me disse com uma expressão de estoicismo ou de derrota. Menos, disse, desde que não permitem fumar em restaurantes e cafés. Mas fico relaxada só de segurar um, acrescentou, com o cigarro amarelo-gema – feito, me explicaria depois, de palha de milho – se movendo entre seus dedos. Por quê, não está relaxada aqui comigo?, perguntei com um tantinho de travessura, mas ela sorriu uma sorriso quase indiscernível e fez um gesto meio de zombaria e me disse alors, monsieur Halfon, agora me conte de você.

Recostou-se na cadeira e cruzou os braços como se estivesse com frio e me perguntou pela minha família, pelo meu filho, pelos meus estudos, pelos meus livros, por essa suposta relação de fuga – como eu havia respondido na noite anterior – que ainda mantenho com meu país de origem e com o judaísmo. É uma resposta meio de brincadeira e meio trágica, eu disse. Uma resposta que eu dou desde que, anos atrás, um jornalista espanhol me perguntou sobre os livros não lidos que mais me influenciaram como escritor. Regina agora tinha um olhar mais contido, o cenho franzido, como se tentasse encontrar no ar aquela pergunta tão incomum, e então eu a repeti para ela. Quais eram os livros que eu nunca tinha lido, me perguntou o jornalista espanhol, mas que mais me influenciaram como escritor. Uma pergunta ridícula e ao mesmo tempo genial, eu disse a Regina. E, sentado diante daquele jornalista espanhol, eu soube imediatamente minha resposta. Tomei um gole amargo de expresso e fiquei saboreando-o mais que o necessário, por puro drama. A Torá e o Popol Vuh, eu disse a Regina. Apesar de nunca tê-los lido, não há dois livros que, como homem e como escritor, mais me marcaram. E não preciso lê-los, eu disse, porque sempre os carreguei comigo, ambos escritos em algum lugar muito dentro de mim. O livro dos judeus e o livro dos guatemaltecos, se me permitem essa simplificação, e se é que se pode chamar de livros essas duas obras monumentais que representam e definem os dois grandes pilares sobre os quais minha casa foi construída. Mas uma casa que eu, por alguma razão, desde criança precisava destruir ou pelo menos abandonar. Não posso te explicar por quê, lhe disse. Sempre foi assim. Sempre me senti assim, como se algo me obrigasse a fugir e desaparecer. Passei a vida inteira fugindo da minha casa.

Regina quase de um salto se inclinou para a frente, talvez para que aquilo que estava prestes a me dizer me alcançasse mais rápido.

Mas de algum modo, Eduardo, você também está procurando sua casa, não é?, me perguntou. Também precisando voltar para aquele lugar de onde fugiu ou escapou?

Ela continuava muito perto de mim, os cotovelos sobre a mesa, os dedos entrelaçados como se estivesse em plena oração. Fiquei olhando para aquelas mãos tão delicadas e tão familiares: havia ali, nas pontas dos seus dedos, uma biografia inteira de carícias ternas e carícias compassivas e carícias eróticas e carícias de uma mãe que mima e conforta. E enquanto ainda pensava naquele lugar de onde eu havia fugido ou escapado, eu disse:

É proibida a entrada de cães e judeus.

❁

Meu pai estacionou seu Datsun 280 vermelho fogo sob uma palmeira enorme, solitária, quase perdida no meio do estacionamento. Meu irmão, aflito no banco traseiro apertado, continuava me pressionando com os pés, e então eu abri a porta e saí do carro.

Era domingo, ainda muito cedo pela manhã. Meu pai já estava em pé atrás do Datsun, tirando suas coisas do porta-malas aberto. Pronto, nos disse ao fechá-lo, e nós três começamos a caminhar em silêncio em direção à entrada, meu irmão de um lado do meu pai e eu do outro. Os únicos sons àquela hora da manhã eram a balbúrdia de gritos de um bando de periquitos no alto da palmeira e o ranger metálico dos sapatos do meu pai sobre a argila seca e pedregosa. Sem perceber, comecei a andar mais rápido, quase correndo, mas meu pai gritou algo de trás e tive de parar e esperá-los. Eu estava emocionado. Era minha primeira vez ali. Era a primeira vez que meu pai nos levava com ele.

Continuamos caminhando os três juntos e levamos uma eternidade para atravessar todo o estacionamento, mas na reta final em direção à porta de acesso, já numa estreita passagem de asfalto, foi meu pai quem acelerou (ou pelo menos é assim que me lembro, como se ele estivesse fugindo de algo, ou talvez correndo em direção a algo). Eu tinha ficado dois ou três passos atrás, sozinho, parado no caminho de asfalto, olhando para baixo. Vamos, ordenou meu pai com firmeza excessiva, segurando a porta aberta e esperando por mim para entrar. Vamos, ecoou meu irmão ao lado dele. Eu os ignorei. Havia aprendido recentemente a ler em letras de forma e ainda parava em qualquer placa para praticar. Meu pai gritou algo de novo, mas eu continuei decifrando as grandes letras pretas sobre o fundo branco de uma placa cravada na grama, bem ao lado do caminho de asfalto, até finalmente conseguir ler a frase completa: É proibida a entrada de cães e judeus.

Virei-me para meu pai, pedindo ajuda, mas ele apenas disse que não era nada e pegou minha mão, desajeitado, e me puxou com força, e nós três entramos no lugar em que estávamos proibidos de entrar.

❁

Regina tinha os olhos semicerrados, como se ainda não conseguisse ver ou focar as oito palavras pretas que eu acabava de deixar pairando entre nós.

Era isso o que dizia uma placa colocada na entrada do clube de golfe da capital, eu disse, e ela, não sei se incrédula ou surpresa, cerrou ainda mais os olhos. Eu era muito pequeno, continuei, mas me lembro bem. Vi aquilo numa manhã de domingo com meu pai e meu irmão.

Embora tenha dito isso a Regina, a verdade é que hoje me custa acreditar que eu realmente tenha visto aquela placa. É difícil aceitar que ela pudesse ainda estar exposta em público em meados dos anos 70. Talvez nunca a tenha visto numa manhã de domingo com meu pai e meu irmão, e só conserve a imagem daquela placa criada na minha imaginação a partir da voz do meu pai. Talvez tenha sido meu pai quem me contou e descreveu aquilo, e quem deixou essa lembrança guardada no cofre secreto e profundo da minha memória. Faz pouco tempo, mencionei isso ao meu pai e ele me respondeu, quase irritado, que não se lembrava de nada. Ou seja, não se lembrava de ter ido conosco ao clube numa manhã de domingo e não se lembrava de ter me falado daquela placa e tampouco recordava que houvesse alguma placa cravada no gramado do clube de golfe. Lembro-me melhor que meu pai, então? Ou será que minha mente de criança inventou uma cena completa – com um carro vermelho-fogo e o ranger de pregos metálicos sobre argila pedregosa e os gritos histéricos de uma revoada de maritacas – a partir da ideia de uma placa? Será que aquela placa existiu apenas na minha mente? A imaginação é assim tão ousada e caprichosa, a ponto de inventar uma lembrança e depois transformá-la em algo que percebemos como real? Em todo caso, pouco importa. Aquela placa existiu. Eu a vi ou a imaginei, o que para uma criança dá no mesmo.

Era uma placa pequena, continuei dizendo a Regina, feita de cerâmica ou cimento, com letras de forma pretas sobre um fundo branco, disposta sobre a grama impecavelmente verde e limpa da entrada do clube de golfe, que proibia a entrada tanto de cães quanto de judeus. Ou seja, eu li aquela placa (ou soube da existência dela) e na minha mente de criança entendi imediatamente uma coisa: para os membros daquele clube, disse a ela, para meus compatriotas guatemaltecos, não havia nenhuma diferença entre um cachorro e eu.

Regina balançava a cabeça, talvez sem nem perceber, possivelmente também imaginando a placa bem fincada na grama, no meio de uma procissão de golfistas loiros e antissemitas.

Nunca soube disso, disse ela depois de alguns segundos.

Talvez porque seu pai não fosse golfista.

Não, não era.

Eu devia ter uns cinco ou seis anos quando soube da existência daquela placa, disse a ela (seja porque a vi com meu pai e meu irmão num domingo de manhã, pensei sem chegar a dizer, seja porque meu pai algum dia, do qual nem ele mesmo se lembrava, me descreveu aquilo). E desde então, Regina, jamais consegui esquecer. Nem tanto pela placa em si, mas pela sensação de ruptura que aquela placa me deixou. A partir dela, a partir daquela frase e daquele momento, meus dois mundos, o judeu e o guatemalteco, se separaram para sempre.

Pois era esta, Eduardo, precisamente a intenção dos que decidiram colocar aquela placa sobre o gramado: te separar deles. Afastá-lo. Apresentá-lo como algo desumano e sujo, como um animal. É uma estratégia que sempre foi muito clara para os alemães. Lembre-se da famosa frase que o historiador Heinrich von Treitschke escreveu num artigo acadêmico de 1879, e que meio século depois foi adotada e disseminada pelos nazistas. Die Juden sind unser Unglück, disse Regina num alemão impecável. Os judeus são nossa desgraça, traduziu. Um lema que naqueles anos estava por toda parte, em faixas e adesivos, em caricaturas antissemitas, até estampado toda semana na parte inferior da capa da publicação propagandista *Der Stürmer*.

Regina, após um silêncio, apontou para mim com seu cigarro de milho.

E lembre-se também, disse ainda apontando para mim, das declarações de Himmler. Livrar-se dos judeus, disse Himmler, era exatamente o mesmo que se livrar dos piolhos. O antissemitismo alemão, disse Himmler, nunca tinha sido uma questão de ideologia, mas de limpeza.

Regina soltou o suspiro longo e espesso de quem, na vida, já viu muitas placas como aquela e ouviu muitas injúrias como aquela, e eu de repente me lembrei de que alguma vez também me chamei Israel.

Anos atrás, disse a ela, antes de irmos embora da Guatemala, havia um menino na minha turma que chamava de Israel os poucos garotos judeus do colégio e chamava de Sara as poucas garotas judias. Para ele, um menino guatemalteco de dez anos, eu já não era Eduardo, mas Israel.

Regina levou o cigarro à boca e pareceu se irritar ao notar que ele não estava aceso.

Eu era muito jovem, continuei, e embora soubesse que aquilo era uma zombaria antissemita, ainda não a compreendia por completo. Demorei muitos anos para entender que o menino tinha copiado aquilo dos alemães. Quer dizer, que essa mesma prática havia sido uma lei na Alemanha dos nazistas: atribuir oficialmente o nome Israel a qualquer judeu que não tivesse um nome típico de um judeu (havia uma lista de nomes autorizados), e atribuir oficialmente o nome Sara a qualquer judia que não tivesse um nome típico de uma judia. Israel e Sara, disse a Regina. Um povo inteiro reduzido a dois nomes.

Claro, disse ela, o segundo artigo da Lei de Alteração de Nomes Pessoais e Familiares, estabelecida em 1938. O menino da sua classe deve ter aprendido isso com o pai.

Possivelmente, sim. Com seu pai golfista.

❁

O menino se chamava Franz Peter. Ou talvez se chamasse Peter Franz. Seja como for, era muito mais alto e corpulento que eu, e tinha o cabelo tão branco e a pele tão pálida que às vezes, sob o sol, dava a impressão de sofrer de albinismo. Morava a algumas quadras da minha casa; nós dois pegávamos o mesmo ônibus escolar. Uma tarde, nos encontramos na rua, os dois de bicicleta, e Franz me perguntou se eu queria ver sua coleção de revistas. Chegamos rapidinho à casa dele (eu tinha estado lá uma única vez, na festa de aniversário dele, no fim da qual todas as crianças ganharam, como lembrancinha, um pintinho vivo). Largamos as bicicletas no gramado do jardim e entramos e, já subindo uma escada larga e ostensiva e olhando para o antigo crucifixo de prata e madeira pendurado na parede, senti-me como um intruso.

Franz trancou a porta do quarto com chave. Ajoelhou-se, enfiou uma mão debaixo da cama e tirou um velho escafandro de apicultor; não lembro ou ele nunca me disse como o conseguiu (provavelmente era roubado). Depois, com o escafandro branco já sobre a cabeça, enfiou de novo a mão debaixo da cama e tirou uma frágil caixa de papelão e começou a me mostrar revistas. Quase todas eram de futebol, embora também houvesse dois ou três gibis e uma publicação mais científica com fotos de mulheres nuas de algum povo amazônico. Mas de repente Franz meteu a mão na caixa de papelão e pegou uma revista mais fina e pequena, talvez no tamanho de um sulfite dobrado ao meio, com capa bege e letras pretas e com as demais páginas rusticamente presas com um cordão de lã, e se pôs a falar desse panfleto que segurava como um tesouro nas mãos. Pelo seu tom, agora mais agudo e excitado, entendi de imediato que o panfleto antigo e proibido era a principal razão pela qual tinha me convidado à sua casa. Franz, ainda fantasiado de apicultor, continuava a me falar – dizia algo sobre o avô e o pai – e eu continuava tentando decifrar a imagem da capa. Havia no centro uma palavra composta de apenas três letras pretas e grossas, colocada no meio de um quadrado imperfeito, tipo trapézio, com a borda igualmente preta. Mas a palavra, para mim, não fazia sentido. Pax, parecia dizer, embora também não fosse. Levei alguns instantes até finalmente compreender que uma das letras, a terceira, não era uma letra, mas um símbolo; e que na parte inferior da capa, logo abaixo do quadrado preto e imperfeito, havia uma única frase curta, em letras de forma menores. Paz se escreve com suástica, dizia.

❀

Eu tinha me esquecido daquele panfleto e também tinha me esquecido aquela tarde na casa do apicultor Franz Peter ou Peter Franz, até alguns anos atrás. De passagem por Nova Orleans, uma professora da Tulane me convidou para visitar uma das bibliotecas da universidade, a Howard-Tilton Memorial Library, no quarto andar da qual mantêm uma extensa coleção de livros e documentos históricos latino-americanos. Após algumas horas fuçando sem propósito algum, felizmente perdidos, encontramos um maço de revistas e documentos publicados na Guatemala em 1939 pelo Serviço Informativo Oficial da Legação da Alemanha. E lá estava o mesmo panfleto mal atado com um cordão de lã. Lá estava a mesma suástica preta fazendo o papel de Z.

❁

Regina, embora sorrindo, me olhava agora com uma severidade que parecia repreensão.

Mas veja, monsieur Halfon, há algo que ainda não está claro para mim.

Sua voz soava mais atrevida.

Supondo que seja verdade que você não leu os dois livros dos seus dois mundos, disse, coisa em que não acredito ou não acredito inteiramente – Regina fez aqui uma pequena pausa e eu lhe dei uma piscadela –, também não entendo por que ainda insiste nisso. Por que tanta teimosia? Por que não lê-los agora, disse com entonação inquisitiva, mas eu apenas levantei os ombros e balancei a cabeça e me senti como uma criança que não quer nem provar uma mordida. Do que você tem medo?, perguntou. O que acha que vai acontecer se finalmente lê-los?, perguntou. E eu, com um tom sério, disse que, sem dúvida alguma, explodiria.

Regina riu docemente e em silêncio e se recostou na cadeira, e então nós dois ficamos em silêncio e eu notei com encanto, durante esse breve interlúdio, que toda vez que ela levava o cigarro cor de gema aos lábios também inspirava e expirava uma nuvem de fumaça imaginária e teatral.

Até quando você fica em Paris?, perguntou ela num sussurro, e eu disse que tinha um voo no dia seguinte para Berlim, onde estava morando. Ela abriu levemente a boca, prestes a me fazer outra pergunta, talvez uma pergunta indiscreta ou uma pergunta imprópria, mas logo fechou a boca e não me perguntou mais nada.

Levantei o olhar. O café estava quase vazio. Só continuavam lá o velho de cabelo branco e o pedreiro ou encanador, sempre carrancudo e de pé diante do balcão, balançando e aquecendo na palma da mão outro conhaque, embora agora estivesse observando Regina. Ou, melhor dizendo, observava atentamente o cigarro na mão de Regina. E me ocorreu que a qualquer momento ele se aproximaria dela para lhe dar uma bofetada com sua mão gorda e gordurosa.

Num gesto inútil mas cheio de significado, peguei minha xícara branca já sem expresso e a levei aos lábios, e Regina, numa espécie de resposta, supus, consultou a hora no relógio.

Você precisa ir para o escritório?, perguntei, e de novo um cálculo matemático de sabe-se lá que somas e subtrações.

Não, disse finalmente com um sopro de fumaça fictícia. E você, Eduardo? Tem algo a fazer?

Não, também não, menti.

Levantei a mão e pedi outros dois expressos ao velho de cabelo branco. Enquanto esperávamos, voltei a perguntar a Regina que tipo de advogada ela era e ela me deu uma resposta longa e confusa que não entendi muito bem, talvez porque ela não pôde ou não quis me explicar muito bem. Essa é uma resposta de advogada, disse-lhe com um toque de provocação e depois insisti um pouco e ela então, tentando resumir em frases curtas e diretas, disse que seu trabalho era algo não governamental. Algo com crianças de refugiados e crianças de sobreviventes. Algo, disse, com o trauma que os filhos e netos herdam de uma guerra. E inspirou uma longa lufada de ar, como se precisasse de mais oxigênio para continuar. Nachkriegskinder, disse soltando o ar. Crianças do pós-guerra, traduziu do alemão. É que uma guerra, disse, não termina nunca.

Regina ficou em silêncio por alguns segundos, deixando que as ondas sonoras de suas últimas frases continuassem ressoando entre os ruídos e murmúrios do pequeno café.

Lembro da música, sussurrou com uma voz quase de menina, quase com medo.

Um quarteto de cordas tocava na floresta.

Estávamos todos parados em fila, mal prestando atenção na música que saía de um alto-falante velho à medida que avançávamos devagar em direção a uma pequena mesa ao lado do poste de ferro. A bandeira, pela primeira vez, não estava ali. Agora, na neblina da madrugada, havia uma bandeira vermelha com um círculo branco e uma suástica preta.

Alguns meninos ainda estavam de pijama e algumas meninas de camisola. Outras crianças, embora já vestidas, não tinham tido tempo de buscar seus casacos ou capas de chuva e tremiam no frio da manhã. E algumas estavam descalças ou apenas de meias. Eu, por sorte, ao voltar à barraca tinha adormecido sem tirar as botas nem o casaco.

Os instrutores, todos agora vestidos como soldados, com uniformes pretos e braçadeiras vermelhas e enormes tarântulas (eu as veria para sempre como tarântulas), nos ameaçavam usando paus e cassetetes enquanto gritavam ordens numa mistura de espanhol e alemão.

Por fim, cheguei à pequena mesa de madeira junto com meu irmão. Um soldado, sentado e tomando notas num caderno sem jamais levantar o olhar, nos disse secamente que fosse um de cada vez. Meu irmão deu um passo para trás e aguardou sua vez. O soldado então me perguntou meu nome completo e minha idade. Escreveu algo no caderno e me mandou para a esquerda.

No grupo da esquerda estavam reunindo os meninos mais velhos, de pé, e no grupo da direita as meninas mais velhas, também de pé. No meio, sentadas, estavam todas as crianças menores, algumas chorando em silêncio e outras soluçando e outras com uma expressão pálida e enlevada no rosto. Uma menina de cinco ou seis anos se deitara sobre a grama. Ainda dormia, supus. Mas havia outro grupo. Um grupo de talvez dez meninos e meninas que os soldados tinham separado de todos nós e a quem agora, com uma série de gritos e golpes, estavam obrigando a dançar ao compasso da música do quarteto de cordas. Vários dançavam sozinhos. Um menino baixinho e uma menina muito alta dançavam de frente um para o outro, mas um pouco afastados e sem sequer se olharem. Duas meninas que pareciam irmãs também dançavam de frente, de mãos dadas. Outras duas meninas dançavam como um casal de tango, abraçadas pela cintura com um braço e com a outra mão erguida. Nenhuma das dez crianças se movia no ritmo da música. Nenhuma sorria.

Logo terminou o processo de seleção e desligaram a música do quarteto de cordas e alguns soldados levaram todas as crianças menores, e sem elas a manhã me pareceu ainda mais gelada.

❁

Não sabíamos o que fazer. Não entendíamos o que estava acontecendo. Esperamos assim por um bom tempo, nada mais que olhando uns para os outros, até que nos tocaram aos empurrões e aos gritos e nos reuniram de novo, fazendo-nos formar filas de cinco.

Uma voz gritou: Silêncio. Outra voz: Appell, Juden.

Contagem, finalmente entendemos, e cada criança foi dizendo um número em voz alta.

Depois nos ordenaram a formar uma única linha longa e reta – um ao lado do outro, ombro contra ombro, com meio metro exato de distância, olhando para a frente – e a mesma voz voltou a gritar Appell, Juden, e mais uma vez todos dissemos um número em voz alta.

Meu irmão, que estava exatamente à minha direita, de repente virou a cabeça para mim e se inclinou um pouco e, num fio de palavras cheias de medo e quase imperceptíveis para qualquer outro que não fosse seu irmão, me perguntou em inglês se estávamos sonhando. Não respondi. Não sabia a resposta.

Longe, no outro extremo, Regina me olhava de volta com um olhar mais abatido que irritado, um olhar esbugalhado e fugaz que baixou assim que ouviu os gritos de um soldado que vinha caminhando ao longo da linha.

O soldado segurava um saco aberto nas mãos, embora mais parecesse uma capa de travesseiro, e estava gritando para cada criança que jogasse lá dentro seu relógio ou sua corrente ou seus brincos ou qualquer outro objeto valioso que estivesse usando ou tivesse guardado nos bolsos. Tirei o relógio digital e também tirei a câmera do bolso do meu casaco e enfiei ambos no saco (temi, não sei por quê, que nunca mais os veria). Meu irmão tinha nas mãos a corrente de ouro e um pequeno pingente com uma estrela de Davi que ele ganhara alguns meses antes, no seu aniversário, e me perguntou com o olhar, e eu respondi que sim com um movimento de cabeça, e ele colocou a corrente no saco.

À nossa esquerda, uma menina com aparência de espantalho se recusava a entregar um anel. Tinha sido da sua avó, repetia. Era um anel de prata herdado da sua avó.

Uma soldado se aproximou e dobrou a mão dela para trás, conduzindo-a por uns vinte passos sem lhe soltar a mão, até que chegaram a uma sucessão de quadrados brancos pintados no chão com pó de gesso ou cal, como as casas de um jogo de amarelinha, cada uma com aproximadamente um metro de comprimento por um metro de largura.

A menina espantalho então tirou o anel e, depois de entregá-lo à soldado, entrou numa casinha de cal como se estivesse entrando numa cela, e ali ficou presa, de pé, chorando.

❁

Agora, dois soldados avançavam ao longo da linha. Estavam nos ordenando aos gritos o seguinte: que tirássemos as capas de chuva e os casacos, e também os lenços brancos e azuis que usávamos amarrados no pescoço, e que juntássemos tudo num único monte. No meio do monte, já brilhava um pedaço de tecido verde-neon.

❁

Um soldado ordenou que ficássemos de quatro. Ninguém entendeu e ele teve que ordenar de novo. Que fiquem de quatro patas, disse. E então entendemos e nos ajoelhamos e colocamos as mãos sobre a terra, e o soldado esperou de braços cruzados até que se fizesse silêncio. Engatinhar, gritou, e todos começamos a engatinhar pela clareira na floresta, sem rumo e sem parar, uma massa única de crianças engatinhando pela clareira na floresta, até que o soldado, com tom de fastio ou de tédio, disse que já era o suficiente, que nos levantássemos e voltássemos ao nosso lugar na linha.

❁

Uma soldado ordenou que abríssemos a boca. Ela estava com um balde cheio de água numa das mãos e uma tigelinha de plástico verde na outra. Que abríssemos bem a boca, repetiu, para nos dar um pouco de água. E a soldado começou a caminhar lentamente ao longo da linha, quase sorrindo e quase parando diante de cada um de nós, lançando-nos uma tigelada de água morna e fedorenta na cara.

❁

Um soldado ordenou que estendêssemos o braço direito à frente, num ângulo de quarenta e cinco graus acima da horizontal, dedos retos, palma para baixo, e permanecermos assim durante um minuto que ele iria cronometrar na sua cabeça. Todos obedecemos e levantamos o braço direito. Então, quando na sua cabeça ele havia concluído aquele minuto, o soldado nos disse para permanecer assim por mais um minuto e, novamente, começou o cronômetro na sua cabeça e eu senti vontade de gritar devido à dor.

❁

Uma soldado ordenou que nos ajoelhássemos.

Era a mesma instrutora que, na noite anterior – fazia algumas horas, mas que mais pareciam anos –, havia anunciado os turnos de guarda, encarapitada numa mesa.

Duas meninas loiras e descalças e mais ou menos da minha idade sussurraram algo entre elas, e a soldado rapidamente se aproximou e as pegou pelos cabelos e, enquanto as meninas gritavam e se debatiam, ela as levou, puxando-as forte pelos cabelos, até deixá-las de joelhos uma em frente à outra, diante de todos nós.

Dê um tapa nela, ordenou a uma das meninas.

Mas a menina apenas levantou os olhos e balançou a cabeça de leve, como se confusa ou com medo. Dê um tapa nela, disse a soldado, pronunciando as palavras devagar, para que todos pudéssemos ouvir bem. Mas a menina continuava a balançar a cabeça. Estava de olhos fechados. Seu lábio inferior tremia. Notei que as unhas dos pés dela estavam mal pintadas com um esmalte vermelho-escuro. A soldado então se postou bem na frente dela, olhou para baixo e lhe deu um tapa forte e sólido, e a menina, com a bochecha vermelha, teve de esticar uma mão e apoiá-la no chão para não cair. Endireite-se, ordenou a soldado, sem emoção alguma, e virando-se para a outra menina, decretou: Agora você, dê um tapa nela. E a outra menina então voltou o olhar para sua amiga – que continuava balançando a cabeça, como se implorasse para que, por favor, não o fizesse – e levantou uma mão e, depois de hesitar um momento, deu-lhe na mesma bochecha um tapa suave e quase simbólico. Mais forte, gritou a soldado. A menina, que também tinha as unhas dos pés mal pintadas com o mesmo esmalte vermelho-escuro, hesitou por uns instantes, mas depois se lembrou do que tinha acontecido e entendeu as consequências de não obedecer, e deu um segundo tapa na amiga (possivelmente sua melhor amiga, com quem, pouco antes, numa barraca, tinha pintado de vermelho-escuro as unhas dos pés). Mais forte, eu disse, voltou a gritar a soldado, e a menina, pela terceira vez, levantou uma das mãos e, pela terceira vez, bateu na mesma bochecha da amiga, e o estrondo desse tapa ficou ecoando pela floresta.

Ambas choravam.

A soldado as pegou pelos cabelos e as levou para prendê-las em duas celas de cal.

❁

Uns soldados começaram a entregar a cada criança uma faixa de tecido branco com uma corda fina e curta em ambas as extremidades e uma estampa de estrela amarela no meio. Jude, dizia dentro da estrela, em letras pretas e tão estilizadas que levei alguns segundos para conseguir lê-las, pois, à primeira vista, me pareceram caracteres hebraicos. Judenstern, nos disseram. Estrela judaica, nos disseram. Que, a partir de agora, deveríamos usar sempre essa estrela amarela ao redor do nosso braço esquerdo, na altura do coração. Que qualquer criança que fosse descoberta sem sua estrela amarela seria punida e açoitada. Que ajudássemos o que estava ao nosso lado a colocá-la. E então eu amarrei a estrela amarela no meu irmão e ele amarrou minha estrela amarela, enquanto as outras crianças ao nosso redor faziam o mesmo. Algumas delas gemiam e suspiravam, aparentemente incomodadas. Mas usar agora essa estrela amarela no braço esquerdo me provocou um sentimento diferente, para mim tão inexplicável quanto inesperado. Me preencheu com uma espécie de ardor que, hoje, talvez eu chamasse de orgulho.

❁

Samuel estava nos observando do outro lado da clareira na floresta, com sua expressão impassível, os braços cruzados sobre o peito, a postura firme e estoica, como se fosse o comandante ou a máxima autoridade. Ele não se movia. Não falava com ninguém. Apenas vigiava de longe. Alguns soldados estavam nos gritando algo, mas eu mal prestei atenção. Ainda de joelhos, não conseguia parar de olhar para Samuel. Tenho certeza de que eu era o único a observá-lo em todo o seu esplendor sombrio. De repente, vi que uma das instrutoras, vestida como soldado, talvez a mais jovem – uma menina magra, baixinha, com cabelo muito liso e muito loiro – se aproximou e começou a falar com ele. Mas Samuel não respondia. Mal a olhava de soslaio, concentrado em nós, enquanto balançava a cabeça lentamente (um não sutil e enfático ao mesmo tempo). Ela usava óculos enormes, ou que pareciam enormes no seu rosto infantil, ou que davam a impressão de ser enormes devido à espessura das lentes. Nervosa, ela tirava os óculos e os punha de novo, depois tirava e os apertava entre os dedos que já tremiam um pouco. Estava dizendo algo a Samuel, primeiro aos sussurros, depois em voz alta, depois quase aos gritos, até que finalmente se resignou e ficou quieta. Seu rosto estava vermelho, ambas as mãos cerradas em punho. Parecia prestes a explodir. Mas não explodiu. Apenas tirou a braçadeira vermelha e a camisa preta e deixou ambas as roupas jogadas aos pés de Samuel, e assim, vestida agora com calça preta e regata branca, foi se sentar sozinha dentro de uma cela de cal.

❀

Uns soldados estavam gritando para levarmos as mãos atrás das costas. Todos obedecemos, ainda de joelhos, e os soldados foram amarrando nossas mãos com um fino laço de vime. Senti o toque áspero do vime ao redor dos meus pulsos e lembro de me surpreender ao perceber que o laço estava frouxo, amarrado sem muito esforço ou com um nó malfeito. Pensei que muito facilmente poderia tirar minhas mãos e me libertar. Mas permaneci quieto.

Depois de um tempo, um menino se queixou de sede; deram-lhe um golpe com um bastão no traseiro e o levaram, deixando-o ajoelhado numa cela de cal. Depois, uma menina se queixou de dor nos joelhos; vendaram-lhe a boca com um lenço sujo e também a prenderam ajoelhada numa cela de cal. Então outro menino balbuciou que precisava ir ao banheiro urinar, e a ele também vendaram a boca com um lenço sujo, deitaram-no de bruços numa cela de cal e se revezaram pisoteando suas costas, gritando-lhe para urinar ali mesmo. E ninguém mais se queixou de nada.

❀

Um soldado estava andando ao longo da linha com um mata-moscas vermelho na mão. Você, disse ele, apontando para um menino com o mata-moscas. E você, apontando para outro. E você, apontando para outro. E você, apontando para mim.

Nenhum dos quatro sabia o que fazer. Ficamos parados, olhando uns para os outros com nervosismo e estranheza, aguardando instruções.

Agora, a cerca de dez ou quinze metros de nós, o soldado nos anunciou que faríamos uma corrida, assim, de joelhos e com as mãos amarradas nas costas, e que os perdedores seriam os três últimos a chegar até onde ele estava parado. Às marcas, gritou sem nos dar tempo ao menos de processar o que estava acontecendo, e eu senti o pânico no peito. Prontos, gritou, e olhei rapidamente à minha direita, à minha esquerda, como procurando alguém que me ajudasse ou me salvasse. Já, gritou, e então comecei a avançar com brusquidão, caindo para a frente e para os lados, lutando para me ajoelhar novamente sem usar as mãos e recuperar o sentido de orientação enquanto tentava me dirigir para as risadas do soldado. Não ouvia mais nada. Como se, de repente, todos os outros meninos e todos os outros soldados tivessem desaparecido. Agora, a única coisa que existia ou a única coisa que me importava era aquela risada histérica e zombeteira. Não sei quanto tempo levei para cruzar os dez ou quinze metros, mas quando finalmente cheguei, arfando e cuspindo pedaços de grama, com as calças de gabardine azul já rasgadas nos joelhos e meu rosto todo sujo de suor e terra, o soldado, fazendo um gesto com o mata-moscas que me fez pensar num imperador romano absolvendo sua vítima, apenas me disse para voltar ao mesmo lugar na linha. Os outros três meninos foram levados de joelhos para três celas de cal.

❁

Ficamos assim por mais um tempo. Em absoluto silêncio. De joelhos sobre a terra úmida e fria, com as mãos amarradas atrás das costas. Até que, perto do meio-dia, apareceram dois soldados carregando uma enorme panela e pratos de alumínio e uma concha.

Essenszeit, Juden, gritaram. Hora de comer, judeus.

Então percebi que não tínhamos comido durante toda a manhã. Estava com fome, claro. Mas uma fome ainda ofuscada pela confusão, pela angústia e por tudo o mais.

Um dos soldados estava colocando um prato de alumínio diante de cada criança, no chão, enquanto o outro servia uma porção de sopa amarelada como manteiga. A metade da minha sopa caiu na terra. Bebi a outra metade como faria um cachorro.

Quando terminei, me endireitei e limpei a boca com a língua o melhor que pude, e percebi que algo acontecia no extremo da linha, à minha esquerda. Voltei o olhar.

O ruivo Saúl se recusava a comer sua sopa. Um soldado estava agachado, gritando no ouvido dele que ele precisava comer tudo, que era uma ordem. Mas Saúl apenas balançava a cabeça e choramingava, dizendo que não.

Samuel, que estava observando de longe, caminhou devagar até o final da linha. Não entendi por que seus passos agora eram tão lentos e pesados, como se algo o estivesse impedindo ou dificultando, até que descobri alarmado que, dentro da capa pendurada no seu cinto, ele carregava uma pequena pistola preta.

Samuel se posicionou atrás do menino. Sem dizer nada, pôs uma mão na parte de trás da cabeça de Saúl e lhe deu um forte empurrão para baixo, e Saúl não ofereceu resistência alguma, sua face pareceu explodir contra a terra.

E senti então um medo que nunca havia conhecido antes. Um medo quente e paralisante. Um medo que de repente me transformou numa estátua. Ali, caído no chão e sangrando, estava um dos meus companheiros. Ele precisava de ajuda, precisava ao menos de consolo. E eu não podia ou não queria ou não me atrevia a fazer nada por ele.

Martínez, por outro lado, já estava de pé e correndo em direção a Saúl.

Dois soldados o derrubaram no chão.

Não sei como, pois ele ainda estava com as mãos amarradas atrás das costas, mas Martínez conseguiu se esquivar dos soldados e se levantar. Depois, encarando um deles, baixou a cabeça, tomou impulso e o atingiu com um golpe forte no estômago. O soldado imediatamente caiu no chão sem fôlego, o rosto pálido, as mãos segurando o estômago, e Martínez, com a cabeça ainda abaixada, soltou um grito que ficou ecoando na floresta. Um grito doloroso, primordial, talvez dirigido aos soldados ou talvez a todos nós:

Covardes de merda.

E Martínez continuava com a cabeça baixa e estava prestes a atacar o outro soldado quando Samuel correu na sua direção e se agachou um pouco e, num movimento rápido e experiente, deu uma rasteira nas suas pernas por trás enquanto ao mesmo tempo lhe desferia um único golpe na nuca com a borda da mão.

Martínez caiu como um boneco de pano sobre a terra.

Seu corpo estava completamente imóvel. Tinha os olhos entreabertos, os braços torcidos, quase dobrados ao contrário num ângulo impossível, o cotovelo ralado e sangrando. Tinha perdido uma meia.

Três soldados chegaram onde Martínez estava caído e desamarraram suas mãos, e o levantaram do chão e o carregaram pelas extremidades.

Nenhum de nós se moveu. Ninguém disse nada.

❁

Samuel estava agora parado em frente à linha, em silêncio, com as mãos atrás das costas, nos olhando um por um e talvez deixando que a cena anterior (ou o grito de Martínez) nos afetasse ainda mais. Depois começou a falar sobre a submissão, sobre se sujeitar às regras do grupo e à cadeia de comando, sobre a importância de seguir ordens. Não me lembro das palavras exatas dele – eu ainda estava atordoado e meio hipnotizado pelos golpes e pelo sangue e por aquela pequena pistola preta –, mas lembro-me do seu tom incisivo. Lembro-me da postura marcial. Lembro-me do olhar celeste e sinistro. Lembro-me da expressão quase de prazer no seu rosto. Lembro-me também de que o silêncio entre nós havia mudado. Agora não era um silêncio de respeito nem de medo, mas algo parecido com um silêncio de vazio ou ausência, como se nossos espíritos, nossas mentes, nossos corações, nossas vozes já não estivessem mais ali.

Samuel terminou seu discurso e nos ordenou que nos levantássemos.

Senti as pernas entorpecidas, doloridas, e tive de me esforçar para me equilibrar e não cair no chão.

Alguns soldados começaram a desamarrar os laços dos nossos pulsos. Outros soldados libertaram todas as crianças que estavam presas nas celas de cal. Outros soldados trouxeram das barracas os sapatos e as botas das crianças que ainda estavam descalças ou de meia, e os jogaram todos diante de nós, amontoados e misturados. Também diante de nós, ao lado da montanha de sapatos e botas, havia agora dois banquinhos e uma mesa de madeira, na superfície da qual consegui distinguir alguns objetos: uma carteira de couro, um chumaço de algodão, uma garrafa de álcool, uma caneta-tinteiro, um lápis, um pequeno frasco de tinta verde, um aparelho de metal que, à primeira vista, me pareceu uma variação de revólver ou arma de fogo, mas logo percebi que era uma máquina de tatuar.

Samuel anunciou que passaríamos o resto da tarde procurando pedras no riacho e depois juntando-as ali mesmo, na clareira da floresta. De qualquer tipo, ele disse, e de qualquer tamanho ou textura, até formar aqui uma montanha de pedras. Entendido?, ele perguntou com um grito, mas sabíamos que, na verdade, não era uma pergunta. Vamos, então.

Todos obedecemos e saímos da clareira na floresta sem desfazer a fila e começamos a caminhar entre as árvores, pelo caminho que conhecíamos bem e que descia até o riacho. Estávamos sozinhos, já sem nenhum soldado nos acompanhando ou vigiando, mas ainda assim ninguém dizia nada. Nosso medo era uma mordaça.

Avançamos devagar, com passos mecânicos e destrambelhados, cada um imerso nos seus próprios pensamentos. Alguns talvez pensando nas pedras que deveríamos encontrar e carregar até a clareira da floresta durante o resto do dia (para construir algo? Para destruir algo? Para depois, à noite ou no dia seguinte, sermos forçados a carregá-las de volta ao riacho?). Outros talvez pensando na pistola que estava embainhada no cinto de Samuel (por que uma pistola? Por que aquela pistola, tão fina e insólita? E ela já estava pronta e engatilhada e cheia de balas? Ele estava realmente disposto a nos apontar e disparar contra nós?). Outros talvez pensando no pequeno frasco de tinta verde e na máquina de tatuar que nos aguardavam lá atrás, na mesa de madeira (seriam todos tatuados depois?). E outros, provavelmente a maioria, ainda pensando em Martínez.

O caminho foi se estreitando e ficando mais denso. Olhei para cima. O sol, distante, era um buraco preciso de luz no céu. Depois olhei para trás, brevemente, como se olhar para trás também fosse proibido, como se eu temesse ficar cego ou me transformar numa coluna de sal. Já mal consegui distinguir o acampamento entre a vegetação. As barracas verde-oliva. Algumas sombras pretas com uniformes pretos. O poste da bandeira no meio da clareira na floresta. Parei ao lado de uma árvore grande e velha e me apoiei por alguns segundos no tronco, não sei se abatido ou exausto, ou se simplesmente precisava desses segundos para deixar minhas pernas se recuperarem um pouco antes de saltar para fora do caminho e começar a correr montanha acima, entre as árvores.

Escutei gritos e passos atrás de mim, mas só continuei correndo.

Era uma Luger, me disse.

Uma tailandesa com minissaia de lona e regata preta se aproximou dele e sussurrou algo em alemão, e ele apenas deu um golinho no rum escuro e envelhecido, e a tailandesa, talvez decepcionada, sumiu atrás de uma cortina de contas.

Mas uma Luger sem balas, acrescentou, sua mão rechonchuda fazendo um gesto estranho sobre a toalha da mesa, ao mesmo tempo lúgubre e compassivo, como se estivesse fechando os olhos de um morto.

Usava uma camisa havaiana extravagante e imaculada, uma jaqueta de couro falso, uma grossa corrente de ouro no pescoço e outra corrente idêntica no pulso esquerdo. Seu cabelo loiro e encaracolado havia desaparecido. Seu corpo, muito mais baixo e encurvado do que eu lembrava, agora era o corpo flácido e barrigudo de um homem na casa dos sessenta que havia deixado para trás dois ou três casamentos. E mal se distinguiam, sob uma máscara de rugas e óculos de leitura e uma barba espessa, salpicada de grisalho, seus traços finos e seu olhar azul-claro.

O que importava não eram as balas, sussurrou Samuel do outro lado da mesa, e depois, ao lamber o rum dos lábios, articulou devagar: O importante era que todos vocês olhassem a pistola.

❁

Em algum momento, enquanto caminhávamos com nossos braços entrelaçados e sem pressa alguma pelo Jardim de Luxemburgo (lembro-me de ter pensado que Regina caminhava com graça, airosa, como se estivesse ao ritmo de uma música inexistente), e enquanto ela fumava um dos seus cigarros de palha de milho e me contava sobre sua saída definitiva da Guatemala, alguns dias depois de tentarem sequestrá-la no supermercado La Sevillana (raspando seu cabelo e disfarçando-a, para que ninguém a reconhecesse no supermercado), e enquanto eu roubava tragadas e falava sobre a tarântula que vi ou que imaginei naquela manhã de gritos, Regina me disse que Samuel Blum também morava em Berlim. Embora não me tenha dito por quê, nem em que setor da cidade, nem há quanto tempo, nem o que ele fazia. Ela apenas me disse que ele morava e trabalhava havia anos em várias cidades latino-americanas e europeias, e que naquele momento, por acaso, residia em Berlim. Também Samuel Blum, acrescentou com certa hipérbole, agora é um berlinense.

Uma semana depois de eu ter voltado de Paris, já com minha mala recuperada e sem vento de furacão algum, recebi uma ligação de Regina. Ela me disse que havia conseguido o número de telefone de Samuel, embora não me tivesse dito como, assim como seu e-mail e até um endereço postal, e que assim eu poderia contatá-lo. Anotei todos os dados no verso de uma nota de supermercado e disse a Regina que muito obrigado, que é claro, que eu escreveria imediatamente, sabendo que não o faria. Não tinha nenhuma vontade de falar com ele depois de tantos anos. Além disso, ainda sentia pudor e repugnância toda vez que pensava em tudo o que acontecera na floresta. E a nota então foi gradualmente soterrada na superfície da minha mesa, sob livros e panfletos e desenhos do meu filho e contas de gás e luz e recibos do hospital Martín Lutero (por uma recente e já inadiável intervenção cirúrgica) e papéis soltos e pastas de papelão e até um amuleto preto e pré-histórico: uma pequena pedra triangular que há anos me acompanha sobre mesas de trabalho, guardada em gavetas, viajando em bolsas, às vezes revirada em alguma caixa de mudança; uma pedra que adquiri na estrada para San Martín Jilotepeque (como memento de outra época e de outra viagem), de uma menina indígena que na verdade queria me vender uma garrafa plástica de Pepsi cheia na ocasião com dois litros de gasolina, talvez diluída, talvez roubada; uma pedra de obsidiana, comumente chamada pedra de raio ou dente de raio ou deus do raio ou até flecha de raio, devido à crença ancestral de que tais pedras aparecem nos campos onde um raio caiu, mas que nós, de crianças, com mais economia e também mais charme, chamávamos de pedra raio.

E eu quase tinha me esquecido completamente da nota, entre a bagunça habitual da minha mesa, quando uma noite, alguns dias depois, recebi uma ligação de um número privado.

É o Samuel Blum, disse uma voz que reconheci imediatamente, e que imediatamente me perturbou.

Nos cumprimentamos. Conversamos um pouco. Ele me disse que Regina lhe dera meu número de telefone, e primeiro imaginei Regina como uma daquelas senhoras judias que, com teimosia, arrumam namoros e casamentos, depois me perguntei por que ela estava insistindo para me pôr em contato com Samuel, para nos encontrarmos novamente depois de tanto tempo. Fiquei calado, e Samuel também ficou calado, e seguiu-se um silêncio longo e tedioso entre dois desconhecidos, ou mais precisamente entre dois adversários, antes de Samuel me dizer – me ordenar – que nos encontrássemos na noite seguinte, às oito em ponto, na Helmholtzplatz. Encontrar para quê, pensei, e quase pergunto isso a ele. Essa praça ficava do outro lado da cidade, e estávamos no meio de uma tempestade de neve, e eu não tinha nada a dizer para esse sujeito que só sabia latir ordens.

Com prazer, disse-lhe.

❁

O doutor Kampf pôs uma mão na minha testa e me disse, através da sua máscara azul-turquesa – num inglês enfurecido, com forte sotaque alemão –, para não me preocupar, que tudo correria bem na operação, que eu contasse devagar e em voz alta de dez a um enquanto imaginava campos dourados se agitando ao vento. E o último pensamento que tive antes que a anestesia fechasse meus olhos foi que seu nome era o nome perfeito para o cirurgião de um judeu.

Um tumor. Eu sempre estive convencido de que tinha um tumor. Nos primeiros meses, ficava deitado de costas na cama ou me despia completamente diante do espelho e apalpava a barriga por um bom tempo. Às vezes sentia algo. Outras vezes não sentia nada e imaginava que havia simplesmente inventado a existência daquela pequena protuberância. Mas na maior parte do tempo, me convencia de que o que eu sentia ali não só continuava crescendo, mas era, sem dúvida alguma, um tumor. Não me surpreendeu. Já duas pessoas haviam me diagnosticado ou vaticinado isso. Numa aldeia nas margens do lago de Amatitlán, uma massagista maia, com sua mão cadavérica sobre meu abdômen, me dissera que algo ali dentro estava me matando. Na verdade, nunca soube se ela realmente me disse isso ou se eu sonhei que ela me disse; embora naquele mundo, naquele lago, palavras e sonhos fossem a mesma coisa. Durante outra viagem, estava com uma amiga numa cafeteria em Tóquio quando um médico japonês idoso, sentado ao nosso lado no balcão, pediu permissão para medir meus pulsos (no plural) e então pôs três dedos no meu pulso esquerdo e disse enigmaticamente que percebia ali um pulso com o ritmo longo e tenso de uma corda de instrumento musical. Um pulso chamado xianmai, disse ele em japonês, me traduziu minha amiga. Um pulso, disse ele, e ela me traduziu, que poderia estar indicando uma desarmonia no meu ventre, talvez no meu fígado ou no meu baço. O idoso disse mais algumas palavras em japonês que minha amiga não quis traduzir e que eu não consegui entender, certamente, mas que soaram para mim como as palavras finais e lapidares de uma condenação.

No dia da operação, um taxista veio me pegar bem cedo pela manhã para me levar ao hospital Martín Lutero. O doutor Kampf (ou como costumava me referir a ele em particular, e uma vez, por descuido, quase disse isso na sua clínica: o doutor Mein Kampf) tinha me pedido, por segurança, que pegasse um táxi, apesar de o hospital ficar a algumas quadras do nosso apartamento. Ele queria que eu estivesse lá às seis em ponto, de estômago vazio, me dissera, para fazer todos os preparativos da breve cirurgia ambulatorial, agendada para as oito.

O taxista, um turco bigodudo e com aparência de velho na semipenumbra da madrugada, me perguntou em inglês se eu ia ao hospital tão cedo por causa de uma operação, e eu disse que sim. Um tumor, menti, fazendo cara de mártir e com uma mão sobre o estômago (resultou ser uma combinação de hérnia inguinal e pedras na vesícula, ou mais precisamente uma única pedra enorme na vesícula: ein großer Gallenstein, me dissera o doutor Mein Kampf ao vê-la na tela do aparelho de ultrassom, uma pedra com o mesmo diâmetro, me disse ele, de uma bola de pingue-pongue). O taxista me perguntou se eu estava nervoso e eu disse que sim, um pouco nervoso, mas não tanto pela cirurgia, e sim pela anestesia geral, já que a anestesia geral, disse-lhe, tinha me causado problemas e mal-estares no passado. E o velho taxista, depois de fazer um estranho estalo com a língua (um estalo em turco), ficou em silêncio até chegarmos ao hospital e pararmos na porta de entrada.

A anestesia é como o ópio, me disse ele na escuridão, virado para trás enquanto recebia algumas notas e me olhava com a gravidade de alguém que sabe do que fala, de alguém que fala por experiência própria, e eu imaginei o velho turco deitado no chão de um concorrido salão de ópio em Istambul. A anestesia é como o ópio, me disse ele de novo, e o senhor, meu caro, por algumas horas não terá problema algum na vida.

❁

Nos encontramos no meio da praça, sob uma leve mas constante nevasca (os flocos de neve eram grânulos quase intocáveis de açúcar de confeiteiro). Samuel estava usando um grosso casaco preto com pelagem cor de trigo ao redor do pescoço. Ele apertou minha mão, embora fosse mais preciso dizer que me entregou a sua, limpa e pegajosa, com a palma voltada para baixo, como se quisesse que eu a beijasse. Soltei sua mão de molusco sem beijá-la e descobri que, logo atrás dele, um homem lutava para caminhar contra o vento – o cabelo longo e bagunçado, o sobretudo amarelado voando para trás, o torso salpicado com galhos e três ou quatro folhas secas –, embora não houvesse vento algum. O homem, finalmente entendi, havia passado gel no cabelo para modelá-lo; e carregava algum tipo de estrutura escondida nas costas, sob a roupa, que levantava o sobretudo e dava a impressão de que ele estava ondulando como uma bandeira amarelada no ar; e ele havia grudado no torso os galhos e as folhas secas com cola. Mas dentro do simulacro que era sua ilusão, pensei ainda olhando-o, o vento só existia a partir dos passos difíceis e cansados do homem. Sua vestimenta, embora impecável, não era suficiente. Faltava a atuação. Faltava a batalha.

Samuel começou a caminhar sem dizer nada e eu tenho certeza de que ele nunca soube dessa batalha que um homem estava travando bem atrás dele, por algumas moedas, no meio da praça da capital alemã, contra o vento, a neve e possivelmente contra o universo inteiro. Mas quase de imediato, sem diminuir o ritmo das suas passadas e sempre esquivando minhas perguntas com silêncio ou monossílabos, Samuel começou a me fazer uma espécie de interrogatório que, às vezes, parecia inadequado, às vezes quase policial. Quis saber desde quando e com quem eu morava em Berlim. Quis saber o que eu estava fazendo ali, em que trabalhava, com quais recursos, com quais papéis legais, em que bairro da cidade eu morava, até quando pensava em ficar. Depois, aos sussurros, como para que nenhum outro transeunte o ouvisse, ele me perguntou pelos detalhes da vida berlinense do meu filho. Especificamente, ele quis saber quatro coisas: se já tínhamos levado meu filho ao Monumento aos Judeus Assassinados na Europa, mais conhecido como o Monumento do Holocausto (eu disse que sim, embora para uma criança de seis anos as fileiras dos centenas de cubos de concreto não tenham passado de labirintos de um enorme jogo de esconde-esconde com papai); se meu filho conhecia a parte infantil do Museu Judaico de Berlim (eu disse que sim, que já correra e brincara lá com os animais da Arca de Noé feitos de forma tão engenhosa por artistas usando todo tipo de objetos reciclados); se meu filho estava matriculado na escola judaica (eu disse que não, que nem sabíamos que ainda existia uma escola judaica em Berlim, que ele estudava na escola francesa, uma grande e esplêndida instituição, disse, mas que na mesma quadra da Kurfürstenstraße, a qualquer hora da manhã ou da tarde, desfilavam quatro ou cinco prostitutas muito jovens e muito magras e provavelmente búlgaras, e que meu filho as tomava por professoras da sua escola); se meu filho já conhecia a história do seu bisavô polonês em Berlim (eu disse que sim, um pouco, porque uma manhã, caminhando com ele para a escola francesa, vimos que todas as placas de latão nas calçadas estavam cobertas com flores e velas e meu filho me perguntou o que eram aquelas placas, e eu tive de explicar que se chamavam stolpersteine e que estavam assim porque naquele dia se comemorava o aniversário da Kristallnacht, e meu filho me perguntou o que significava stolperstein, e o que acontecera na Kristallnacht, e de quem eram os nomes nas placas de latão, e por que os alemães mataram todos aqueles judeus, e por que os alemães também mataram a família inteira do seu bisavô polonês, e meu filho finalmente parou de me fazer perguntas e pareceu entender ou intuir algo, e passou o resto do caminho até a escola se ajoelhando diante de cada placa de latão que encontrava no chão e tocando-a com o indicador enquanto me dizia os nomes ali escritos, para assim, do seu jeito, eu disse a Samuel, cumprimentar e honrar os judeus assassinados em Berlim, tocando seus nomes com um pequeno dedo de criança, pronunciando seus nomes em voz alta).

A partir de então, as perguntas de Samuel foram ficando cada vez mais estranhas, como se já não fizessem parte de um interrogatório policial, mas de um interrogatório psicológico, para determinar meu estado psíquico, emocional e até religioso. Algumas, mais que perguntas, pareciam enigmas ou adivinhações. Outras, parábolas que eu deveria explicar. E outras, uma versão em palavras do teste de manchas de tinta de Rorschach. Era como se Samuel estivesse me examinando para algo, mas eu não entendia para o quê, nem por qual motivo, e tampouco me atrevia a lhe responder também com monossílabos ou simplesmente mandá-lo para o inferno.

De repente, ele parou no meio da calçada. Pôs uma mão no meu antebraço e me perguntou como eu me sentia em Berlim, e após uma pausa, esclareceu sua pergunta: Como você se sente aqui em Berlim, Eduardo, como judeu?

❁

Eu já morava havia alguns meses em Grunewald, um distrito abastado e bastante bucólico da capital alemã, quando vi passar um zepelim.

Existem histórias-zepelim. Foi assim que descreveu o escritor cubano José Lezama Lima. Observa-se uma história passando, disse ele, como se observa um zepelim passando. Embora seja possível que Lezama Lima não tenha dito isso. Também é possível que ele não tenha dito uma história, mas sim um poema. Mas tanto faz. A comparação funciona do mesmo jeito.

Eu tinha sido convidado para passar um ano como bolsista no Wissenschaftskolleg de Berlim e, além de me dedicar integralmente ao meu próprio trabalho, à minha escrita – haviam me designado, dentro da sede em Grunewald, uma sala grande e luxuosa com vista para um pequeno lago –, eu tinha pouquíssimas obrigações. Precisava dar uma breve palestra sobre minha trajetória literária; devia entregar, ao fim da estadia, um relatório de atividades (embora tenha acabado escrevendo uma espécie de conto sobre Gleis 17, o monumento erguido na estação de trem de Grunewald em homenagem aos judeus transportados dali para diversos campos de concentração nazistas, imaginando que um desses tantos judeus parados na plataforma poderia ter sido meu avô polonês); e também devia almoçar todos os dias no instituto com os demais bolsistas, como forma de incentivar e fomentar o intercâmbio de ideias. Um almoço geralmente saboroso, agradável, mas uma rotina que eu achava irritante, já que precisava interromper meu trabalho matinal para me vestir e me arrumar e sair do apartamento que nos haviam fornecido pelo tempo da bolsa, no último andar de um imponente e antigo edifício chamado Villa Walther (projetado e construído em 1912 pelo arquiteto Wilhelm Walther, que cinco anos depois, consumido pelas dívidas, se enforcaria ali mesmo, na torre principal), e caminhar os quinhentos metros pela Königsallee para ir comer e conversar na sede do instituto com os outros bolsistas, os diretores e alguns acadêmicos.

No dia do encontro com Samuel, em pleno inverno sombrio e nevado de Berlim, saí do apartamento no fim da manhã, resmungando. Fazia apenas algumas semanas que eu voltara de Paris, e ainda estava tendo dificuldades, como sempre depois de uma viagem, para recuperar o ritmo e o tom da escrita. Naquele dia eu tinha me distraído mais que o habitual, e saí do apartamento um pouco tarde e de mau humor, pois tive de interromper pela metade meu trabalho da manhã (continuava remoendo uma frase que não funcionava de jeito nenhum). Um mau humor que só piorou quando a porta do elevador se abriu diante de mim e senti, mais uma vez, uma das pestilências mais insuportáveis que já conheci na vida: uma mistura quase tóxica de enxofre e suor de axila e algo em processo de putrefação. Cobri a boca e o nariz o melhor que pude com o braço e, enquanto descia os quatro andares com lágrimas nos olhos, fiz o cálculo de quem poderia ser o bolsista que se atrevia a sair de casa e entrar no elevador todos os dias sem ter tomado banho e sem a mínima consideração pelos vizinhos (hoje me envergonho um pouco de admitir que, apesar de ter em mente dois ou três possíveis candidatos, certa vez, ao meio-dia, pude comprovar pessoalmente que a pestilência diária no elevador não era causada por um bolsista, e sim por um velho cachorro do prédio que sofria de dermatite severa, e cujos donos o levavam para passear justamente antes do meio-dia).

Depois de uma descida que me pareceu eterna, finalmente a porta se abriu e me apressei a sair do elevador e depois para a rua, e comecei a caminhar pela calçada da Königsallee enquanto aspirava grandes lufadas de ar fresco e gelado. Algumas adolescentes, paradas na esquina, aguardavam o ônibus. Um senhor de terno e gravata lia o jornal sentado num banco. Dois homens mais velhos seguravam picaretas e pás nas mãos e estavam abrindo uma fileira de buracos num pequeno lote de terra pública, provavelmente para plantar batatas. Cumprimentei os dois homens com um movimento de queixo e continuei caminhando pela calçada da Königsallee, ainda sentindo ou talvez imaginando o fedor nas minhas narinas e também xingando o desconhecido e insensível culpado, quando de repente, a uns quinze ou vinte metros de distância, vi uma mancha avermelhada atravessando a rua.

Primeiro pensei que fosse um cachorro. Depois, pelo tamanho, pensei que fosse um gato. Mas depois, pela maneira lenta e dificultosa de andar, voltei a pensar que fosse um cachorro, embora velho e esfarrapado. Porém, percebi que seu rabo não poderia ser o rabo de um cachorro; era grande demais e denso. Fiquei parado na calçada, tentando observá-lo melhor, e de repente entendi que o animal era uma raposa, e que estava erguendo uma das patas dianteiras, evidentemente ferida. Ele estava mancando. Avançava tão devagar em direção ao meu lado da rua que uma Mercedes precisou reduzir a velocidade para deixá-lo passar. E tive tempo suficiente para observá-lo melhor: seu focinho esbranquiçado, seu nariz como um botão preto, suas patas mais escuras que o resto do corpo, seu olhar assustado e azul. Não era anormal encontrar uma raposa no nosso bairro de Grunewald, cheio de bosques e jardins e riachos e uma série de lagoas e lagos; mas me surpreendeu encontrá-la a essa hora do dia (geralmente elas apareciam à noite ou muito cedo pela manhã, voltando para suas tocas). Depois de muito esforço, a raposa finalmente chegou à calçada onde eu estava parado e, ainda a uns quinze ou vinte metros de distância, com sua patinha dianteira no ar, dirigiu seu olhar a mim. Nos observamos por um segundo, talvez nem isso – no seu olhar azul não havia medo algum –, antes de a raposa entrar no jardim de uma casa e desaparecer entre uns arbustos.

Meia hora depois, enquanto comia umas almôndegas de carne e alcaparras servidas sobre um molho branco espesso (Königsberger Klopse é o nome da receita clássica, de origem prussiana), e talvez relembrando a conversa que tivera havia algumas semanas com Regina em Paris e também antecipando o encontro iminente daquela mesma noite com Samuel, comecei a contar a um grupo de bolsistas e acadêmicos alemães, boquiabertos, sobre a vez que, aos treze anos, eu tinha sido prisioneiro num falso campo de concentração nazista.

E fiquei olhando como no alto, ainda distante, voava um zepelim.

❁

Estávamos agora cara a cara. A mão de Samuel continuava no meu antebraço. Percebi que a pele do seu rosto era tão pálida que, na noite, parecia tingida com alguma tinta fosforescente.

Eu sabia a resposta que ele queria escutar: que um judeu jamais se sente tranquilo em Berlim, que um judeu vagueia por Berlim com um medo primitivo e herdado, como se estivesse caminhando por um museu do extermínio ou por um imenso campo de concentração ou por um terreno minado – o que, durante minhas caminhadas, parecia exatamente igual –, desviando dos monumentos e dos monólitos e das placas comemorativas colocadas nas paredes dos edifícios e embutidas nas calçadas, e olhando os rostos dos mais jovens e mais loiros, automaticamente imaginando-os uniformizados de nazistas, e olhando os rostos dos mais velhos e questionando o que fizeram eles ou seus familiares durante aqueles anos, se mataram, se facilitaram, se consentiram, se delataram, se permitiram que acontecesse, se ergueram para o céu uma mão direita, aquela mão direita que agora inocentemente segura uma bengala ou um guarda-chuva, em nome da xenofobia e do ódio. Mas eu não disse nada.

E talvez Samuel tenha interpretado meu silêncio como cumplicidade ou traição porque soltou meu antebraço, retomou seus passos na neve e me disse para não esquecer que muitos ali ainda nos consideravam, citando as palavras de Hitler, a tuberculose racial dos povos. Deutschland über alles, exclamou com toda a pompa que pôde dar ao seu alemão capenga. Então estendeu os braços para os lados, como se estivesse abraçando tudo ao nosso redor, e disse que fazia tempo que Deus tinha partido de Berlim. Depois me perguntou sobre meu avô polonês, e eu, um pouco surpreso com a pergunta, mas por algum motivo também lembrando do funeral do meu avô numa manhã de chuva, disse que ele tinha morrido fazia anos na Guatemala. E o que você acha, Eduardo, que ele teria pensado se soubesse que seu neto não só estava vivendo agora em Berlim, mas trabalhando dentro do que antes tinha sido um dos escritórios da Luftwaffe de Göring, em Grunewald? Meio confuso, disse-lhe que não sabia do que estava falando. Samuel então, quase com deleite, me explicou que o atual edifício do Wissenschaftskolleg tinha sido antes a sede da Reichsluftschutzbund, ou a Liga Nacional para a Proteção contra Ataques Aéreos, da Luftwaffe. Vê, Eduardo, disse o fantasma branco que era Samuel na noite, talvez você esteja escrevendo seu próximo livro na própria mesa de Göring.

Quando finalmente paramos, não sei se dez minutos ou duas horas depois, eu me sentia tão exausto e tonto que demorei a compreender que estávamos agora num bairro muito mais sombrio, um bairro do submundo berlinense, diante de uma porta pintada de preto. No centro da porta havia uma pesada maçaneta de bronze com forma de garra de leão, que Samuel imediatamente golpeou três vezes, como se fosse uma chamada secreta. Pendendo acima da porta, brilhava uma placa de luzes fluorescentes rosadas e vermelhas. Die Seidenorchidee, dizia em letras cursivas. A orquídea de seda.

❁

Eu estava de pé ao lado do meu pai, diante do buraco aberto na terra onde repousava o caixão do meu avô. Havia um pequeno e frágil toldo de náilon preto sobre o buraco, tipo tenda, que balançava a cada rajada de vento, e parecia prestes a desabar pelo peso da água estagnada na parte superior.

Era um domingo chuvoso e com o céu cinza e opaco, e mal cabiam no cemitério judeu tantas pessoas vestidas de preto, tantos guarda-chuvas pretos. Três senhores de terno e gravata observavam a cena de fora, através das frestas de uma cerca de arame. Ao entrar, perguntei ao meu pai quem eram aqueles três senhores e o que estavam fazendo lá fora, e ele me explicara aos sussurros, enquanto caminhávamos em direção ao buraco aberto na terra, que os judeus da tribo dos kohén (descendentes varões diretos de Aarão, irmão de Moisés, chamados kohaním) são proibidos de entrar num cemitério judeu, de se aproximar de um cadáver, de ter contato direto com a morte, pois a morte, segundo a lei talmúdica, os tornaria impuros. Daí vem a tradição de deixar pedras sobre um túmulo, sussurrou meu pai, agora apontando as pequenas pedras que outros visitantes haviam colocado sobre outros túmulos. Para assim, sussurrou ele, advertir de longe os homens da tribo dos kohén que caminhavam pelo deserto, anunciando a presença da morte.

Meu pai se calou e eu não quis perguntar mais. Não queria falar mais. Não queria estar ali. O luto pelo meu avô polonês, apesar de tudo, eu o sentia e o carregava por dentro, não em público, entre tantos conhecidos e desconhecidos, todos vestidos de preto.

O rabino, um senhor calvo e gordo, com uma espessa barba ruiva e desgrenhada, continuava proclamando não sei que reza em hebraico. Minha avó estava numa cadeira de rodas, ausente, dopada, com uma tira de couro amarrada em volta do joelho esquerdo. Minha mãe, ao lado dos seus três irmãos, chorava seu pai. De repente o rabino parou de rezar, e o irmão mais velho da minha mãe deu um passo tímido à frente. Ele tinha um rasgo na camisa branca na altura do peito, sobre o coração, cumprindo assim o antigo costume de luto iniciado pelo patriarca Jacó, meu pai já me explicara na funerária, que havia rasgado suas roupas quando lhe disseram (para enganá-lo) que um animal selvagem tinha matado seu filho José; e assim como fez o rei Davi, ele continuou me explicando, quando percebeu que seu sogro Saul e seu amigo e cunhado Jônatas haviam caído em batalha; e assim como fez Jó, ele terminou a explicação, quando soube que dez dos seus filhos tinham morrido soterrados, quando o teto da sua própria casa desabou sobre eles. Mas, apesar dos três exemplos bíblicos perfeitamente válidos que meu pai me ofereceu, continuei sem entender o porquê desse gesto tão insólito e até violento, em que um homem sério anda pelo mundo com a camisa branca rasgada e desfiada, como se estivesse com o coração exposto.

O irmão mais velho da minha mãe se agachou com dificuldade. Pegou um punhado de terra preta e o lançou sobre a tampa de madeira do ataúde. Nunca ouvi um som tão seco e arcaico. Depois, os outros dois irmãos da minha mãe fizeram o mesmo, um a um, com suas camisas brancas igualmente rasgadas. Cada golpe de terra sobre a madeira soava como um suspiro gutural, doloroso, cujo eco ficava retumbando ali no cemitério, entre nós. Minha mãe quase caiu ao se agachar, e seus três irmãos tiveram de segurá-la e ajudá-la a lançar um punhado de terra. Seus soluços aumentaram.

Fechei os olhos, provavelmente para não ver minha mãe chorando, embora também para que todas as pessoas acreditassem que eu rezava ou sofria em silêncio, quando na realidade já não queria ver mais nada. E assim, num instante, com os olhos ainda fechados, imaginei uma vida inteira. Meu avô de criança, numa rua de Łódź, jogando dominó com seus irmãos e amigos. Meu avô de adolescente, vestido de prisioneiro em Auschwitz, em Neuengamme, em Sachsenhausen perto de Berlim. Meu avô de adulto, macilento e esquelético, com os dentes podres depois de ter passado seis anos em campos de concentração, viajando primeiro de Berlim a Saint-Nazaire, depois de Saint-Nazaire a Nova York, onde comprou com suas poucas economias um anel de pedra preta como símbolo de luto pelos seus pais, irmãos, amigos e outros assassinados em guetos e campos de concentração, e depois, só porque um dos seus tios distantes havia emigrado para lá antes da guerra, de Nova York para uma Guatemala que lhe era estranha e inóspita. Meu avô de meia-idade, na sua fábrica de roupas infantis na Pasaje Savoy, no centro da capital guatemalteca, de pé diante de uma enorme máquina de costura, um alfinete entre os lábios, uma fita métrica pendurada no pescoço, as mangas da camisa arregaçadas, o número de cinco dígitos no antebraço esquerdo já um pouco desbotado e até quase esquecido, porque com o tempo não só a tinta havia se dissipado, mas também sua força. Meu avô já convertido em avô e sentado no sofá da sala e tomando goles (sempre com uma colherzinha) de um café instantâneo bastante ralo, enquanto me dizia cedo tarde, assim, cedo tarde, em vez de cedo ou tarde, como se ao aprender a falar espanhol tivesse decidido que essa conjunção era desnecessária, ou como se soubesse que na vida todo incidente e todo ato e todo gesto acontecem tarde demais para alguém e também cedo demais para outro alguém, ou como se o passado e o futuro para ele existissem não separados, não em lados opostos da linha do tempo e de outra palavra, e sim unidos num mesmo e cálido alento. Meu avô agora deitado de barriga para cima no interior escuro do caixão, vestido com uma última túnica branca, finalmente em paz dentro da mortalha de linho que era essa última túnica branca, mas dando um pulo toda vez que a tampa de madeira estalava sobre ele.

Percebi que meu pai se moveu um pouco. Abri os olhos e o vi meio agachado, lançando um punhado de terra na cova. Depois voltou a ficar ao meu lado e se inclinou para mim e, num sussurro, me ordenou que fizesse o mesmo. Era minha vez. Eu era o neto mais velho do meu avô. Era meu dever. Era minha vez de participar e ajudar a enterrá-lo, literalmente. Mas fiquei parado, como que estagnado, até conseguir balbuciar para meu pai que não o faria. Ele levantou o olhar. Todos os outros também levantaram o olhar.

Não posso.

Só me ouvi dizer isso.

Como assim, não pode?

Não posso, repeti.

Meu peito ardia. Minha boca ardia. Um murmúrio começou a crescer entre as pessoas, entre tantos familiares e amigos e desconhecidos e sócios e empregados do meu avô que agora me olhavam com uma mistura de fascínio e perversidade (como quem descobre uma cicatriz ao longo do pulso de alguém). Não conseguiam entender minha recusa em participar daquela tradição, daquele espetáculo. Embora, quem sabe... Talvez alguns entendessem muito melhor que eu.

Meu pai se virou para mim. A testa dele estava perolada de gotinhas de suor ou talvez de chuva. E devagar, com discrição, ele me disse algo num sopro de voz que ninguém mais pôde ouvir nem compreender. Não por causa do tom tão baixo e quase inaudível, mas porque ele havia dito aquilo numa linguagem que só ele e eu falávamos. Uma linguagem privada, secreta, de pai e filho. Então dei dois passos à frente e me agachei e enfiei os dedos no montículo de terra preta e úmida e deixei cair uma bola de barro sobre meu avô.

❁

Você quer vê-la?

Estava com uma das mãos enfiada na lapela da jaqueta de couro falso e procurava algo ali dentro, e demorei a entender que o que ele estava me oferecendo era me mostrar a Luger, possivelmente a mesma, que havia conservado e cuidado durante tantos anos e que agora carregava num coldre sob sua jaqueta de couro falso. Samuel, imaginei, não sem certo medo, era o tipo de homem que andava sempre armado. Mas de repente ele tirou a mão e me apontou com ela em forma de pistola e, dizendo pam pam, me disparou dois tiros no peito. Depois soprou a fumaça invisível que saía do cano do indicador enquanto soltava uma risada picante e zombeteira que, para mim, soou como o cacarejo de um galo.

Eu tinha fugido sem um propósito. Sem saber para onde me dirigia. Nem sequer havia chegado a pensar nisso. Foi um impulso, por assim dizer, talvez o mesmo impulso que me fez fugir no segundo dia, durante o passeio e a palestrinha de Samuel no riacho, e também o mesmo impulso que me impelia a fugir da casa dos meus pais e do mundo dos meus pais. Embora os acontecimentos daquele dia permaneçam teimosamente diáfanos e frescos na minha memória (ainda consigo ver e sentir e até cheirar tudo, quase minuto a minuto, como se o que aconteceu e o que ainda estava por acontecer tivesse acontecido ontem mesmo), ainda não entendo por que saí correndo em direção à floresta. Só posso dizer que, apoiado no tronco de uma árvore grande e antiga, e olhando o acampamento para trás, fui invadido por uma sensação profunda e categórica de que precisava escapar, de que não podia continuar ali. Suponho que, diante da adversidade, algumas pessoas reagem lutando, e outras mais covardes saem correndo para a floresta.

E continuei correndo pela floresta até que deixei de ouvir gritos e passos atrás de mim e percebi que havia encontrado o caminho que subia. Pensei que, se continuasse subindo montanha acima por aquele caminho, acabaria chegando à mesma pradaria onde tínhamos passado um dia com Samuel aprendendo e praticando técnicas de sobrevivência. Eu já conhecia o caminho, e conhecia bem aquela pradaria, uma pradaria que, além disso, era frequentada por pessoas que acampavam e que poderiam me ajudar, chamar meus avós ou talvez até me levar de volta à cidade. Além do mais, havíamos deixado ali um abrigo feito de galhos e folhas e com um teto de casca de cedro, caso começasse a chover ou caso a noite me surpreendesse e eu precisasse dormir ao relento.

Comecei a subir a montanha, então, com a estrela amarela ainda amarrada no meu braço esquerdo, na altura do coração. Contudo, em pouco tempo a floresta se fechou ao meu redor e o caminho desapareceu sob meus pés, e comecei a andar como um sonâmbulo entre as árvores.

❁

Cheguei a um terreno árido e mal cultivado, com milharais e cipós e algumas poucas árvores cheias de frutos amarelos que provavelmente eram nêsperas ou seriguelas. Havia um homem com chapéu de caubói e botas de caubói caminhando de um lado a outro do terreno, mal desviando dos troncos e arbustos. Em cada mão segurava uma varinha fina, esverdeada, meio torta, e apontava essas varinhas para a frente como se fossem duas espadinhas. Ele não sabia, ou não se importava que eu andasse por ali, observando-o de longe. Nem sequer tinha levantado o olhar na minha direção. A princípio, talvez pelo seu andar ziguezagueante e inseguro, pensei que estivesse bêbado. Depois pensei que fosse cego e que aquelas duas varinhas meio tortas fossem bengalas de cego. Mas, à medida que me aproximei, entendi que ele não estava bêbado nem era cego, mas tinha os olhos fechados, estava cambaleando pelo terreno de olhos fechados, como se procurasse algo às cegas, deixando-se guiar por aquelas duas varinhas que tremiam e se curvavam e se moviam levemente em suas mãos e que pareciam estar lhe indicando o caminho. Continuei andando morro acima com passos rápidos e assustados.

❁

Longe, do outro lado de uma depressão, havia uma série de árvores pequenas e escuras na encosta da montanha, dispostas ali como uma matilha de animais. Entre elas caminhava um menino camponês com sandálias de couro e borracha, calças de linho branco e uma velha camisa de botões que lhe ficava grande e folgada demais. Tinha algo na testa, ao longo da testa, que parecia ser uma fita adesiva ou um curativo já gasto e sujo. Levava nas costas um feixe de lenha amarrado com uma corda de fibra de agave, e cujo peso, finalmente consegui entender, o menino suportava com a testa, com a ajuda daquele curativo comprido que nada mais era que a continuação da corda de agave. Fiquei olhando-o caminhar do outro lado da depressão até que o menino e seu feixe de lenha desapareceram por completo na folhagem da montanha. Devia ter a minha idade.

❁

Uma jovem indígena estava ajoelhada ao lado de um pé de café. Tinha os braços estendidos para os lados, palmas voltadas para cima. A pele do seu rosto se confundia com a cor da terra. Mastigava algo devagar, com abandono. Sobre seu ombro direito, quase surgindo de dentro do próprio ombro, mal se distinguia o rosto pálido e redondo de um bebê, meio adormecido e bem amarrado às costas da mulher com uma manta tecida em tons de azul e verde. Perto dos seus pés, na terra, repousava uma cabaça antiga e amassada, talvez com água ou com atol de milho ou de banana, e também um cesto de vime cheio dos frutos vermelho-cereja do pé de café. De repente, a indígena levou uma das mãos à boca, tirou o que vinha mastigando e colocou aquele pequeno e esverdeado bolinho na boca do bebê, como um pássaro alimentando seu filhote. Depois levantou o olhar e me viu escondido atrás de um tronco e gritou um insulto que não entendi, mas que me fez escapulir entre os arbustos. Me virei uma última vez. A indígena continuava ali, ajoelhada, descalça, com os braços rígidos e morenos novamente estendidos para os lados, como se estivesse rezando para algo, possivelmente para o pé de café.

❁

Um animal pequeno e marrom saiu correndo à minha frente e desapareceu entre uns arbustos. Um musaranho, adivinhei, dando um pulo. Embora também pudesse ter sido uma paca.

❁

Passei ao lado de uma cruz feita com dois galhos de madeira velha. Estava bem fincada na grama, marcando o ponto exato da montanha onde algum dia alguém havia caído morto. Sobre um dos galhos, alguém tinha entalhado com uma navalha um nome já ilegível e esquecido.

❁

Achei ter ouvido o suave fluir de um riacho e comecei a descer a colina entre as árvores, à sua procura. Mas logo senti um fedor forte e pensei que talvez houvesse uma família de javalis rondando perto do riacho, então preferi voltar a subir depressa entre as árvores.

❁

Parei para descansar um pouco. Apoiei a mão num galho e senti algo me picar no polegar, e sacudi a mão rapidamente e já não soube o que tinha me picado, se uma abelha ou uma mutuca ou um escorpião ou alguma espécie peçonhenta de aranha (imaginei, naturalmente, as presas de uma enorme tarântula). Meu polegar ficou imediatamente vermelho e inchado.

❁

Começou a cair uma garoa preta, etérea, que não molhava, e continuei caminhando e levei alguns segundos para compreender que não eram gotas de chuva, mas minúsculas lascas de fuligem. Um camponês queimando seu lixo no meio da mata. Ou talvez um fazendeiro do planalto queimando seu cultivo de cana-de-açúcar para a safra.

❁

Ao longe, pensei ter escutado o som de um machado cortando lenha e segui naquela direção, esperançoso, até que ouvi o que me pareceu ser o disparo de um tiro na indolência da tarde, e já não se ouviu mais nada. Fiquei parado, como se a bala pudesse detectar meu movimento e mudar de trajetória em pleno ar e me encontrar entre as árvores e me matar. Até aquele momento, meu único medo havia sido pisar por acidente numa cobra venenosa, uma víbora cantil ou uma coral ou uma jararaca ou uma cascavel bem camuflada entre cascalho e folhas secas. Agora, no entanto, sentia outros medos.

❁

Me apressei a voltar sobre meus passos, arrependido e assustado e ainda acreditando ouvir o eco da detonação na floresta. Tentei encontrar de novo o menino com os feixes de lenha nas costas, ou o homem das varinhas e botas de caubói, ou a mulher indígena rezando à planta de café, para que algum deles me orientasse, para pedir ajuda. Também tentei encontrar uma trilha descendo a montanha que me levasse de volta ao riacho ou, com sorte, ao acampamento. Mas não havia trilha alguma. Não havia ninguém. Já fazia horas, duas ou três, ou talvez mais, que não havia ninguém.

❁

O sol estava prestes a se esconder do outro lado da montanha. Já se ouvia o zumbido ensurdecedor de tantos morcegos. Ou isso era o que parecia. Foi o que pensei ter ouvido. Como se todos os morcegos da floresta tivessem saído voando das suas cavernas e esconderijos ao mesmo tempo para emitir juntos um único e agudo chiado ensurdecedor.

❁

Estava confuso, enjoado, com os pensamentos incoerentes e dispersos. Sentia-me fraco. Mal havia dormido duas horas na noite anterior, e meu único alimento em todo o dia tinha sido meia concha de sopa cor de manteiga. Meu polegar doía cada vez mais, agora com um tom entre verde-claro e roxo. Meus pés e minhas pernas estavam pesados. Minha garganta ardia, sem dúvida pela sede. Me invadiam rajadas de calor seguidas por rajadas de frio, como se eu estivesse febril. Será que eu estava com febre?

❁

A luz já havia perdido todo o seu brilho e as sombras começavam a se alongar, e foi então que me ocorreu que minha própria sombra queria se separar de mim, que já não queria mais me acompanhar na montanha, e comecei a falar com minha sombra em voz alta, tentando convencê-la a ficar um pouco mais. Sombra, foi como chamei minha sombra.

❁

Pensei ter ouvido ruídos às minhas costas e apressei o passo, não sem alguma paranoia, certo de que alguém ou algo vinha me perseguindo. E continuei caminhando assim, com pressa, como se fugisse de um perseguidor ainda anônimo, até que de repente achei ter passado pela segunda vez ao lado de um mesmo pasto e, em seguida, pela segunda vez ao lado da mesma árvore, um carvalho carcomido cujo tronco se dividia em dois, ao estilo de uma gigantesca forquilha, e percebi que estava andando em círculos. Estava perdido.

Desabei junto ao carvalho e me deitei em posição fetal e fechei os olhos como para fazer desaparecer toda a floresta ou todo o mundo, e, já chorando, adormeci.

❁

Sonhei com meu pai. Já se passaram muitos anos, e embora me seja impossível lembrar todos os detalhes daquele sonho breve e febril, lembro-me claramente das suas imagens, das suas palavras, da sua intensidade, até me lembro do seu sabor. Há sonhos que deixam um sabor. Há sonhos que jamais nos abandonam, como se continuássemos dormindo e sonhando com eles pelo resto da vida.

Sonhei que meu pai e eu estávamos caminhando por uma floresta cheia de luz. Ele vestia calças pretas e paletó preto e gravata preta e chapéu preto. Eu era pequeno e olhava para ele de baixo para cima e perguntava para onde íamos. Mas meu pai, com seus passos firmes, sua expressão severa, seu olhar sempre voltado para a frente, não me respondia. Não dizia nada. Senti medo e colei minha mão de criança à sua mão de pai, e sua mão agora não era a dele, e meu pai não era meu pai, e sim um desconhecido. Seguimos caminhando entre as árvores e eu perguntei ao desconhecido onde estava meu pai, e o desconhecido olhou para mim, para baixo, pela primeira vez e, sem parar de caminhar, me disse que ele era meu pai, que ele sempre tinha sido meu pai, e então acordei.

Não sei quanto tempo fazia que os dois homens estavam parados ali, com os facões nas mãos, me olhando.

Parabellum, disse Samuel quando parou de rir. Assim se chamava a Luger.

Outra tailandesa muito jovem, vestida com a mesma minissaia de lona e a mesma regata, saiu pela cortina de contas carregando uma pequena bandeja com dois copos de rum. Vinha acompanhada de um senhor que também parecia tailandês, que imediatamente deu meia-volta e desapareceu de novo atrás da cortina. E comecei a me perguntar o que havia do outro lado dessas contas de plástico verde. Não conseguia entender se estávamos num bar (todas as paredes pintadas de rosa-pálido, música de flauta de pã ao fundo, luzes de discoteca, um globo de espelhos pendurado no teto), ou numa cafeteria (menu grande plastificado sobre a mesa, junto a uma vela branca não acesa, e aromas de alho frito e molho de peixe e baunilha e capim-limão), ou num salão possivelmente ilegal de massagens tailandesas (um segundo menu plastificado sobre a mesa, embora não tão grande, com ilustrações de mulheres posando seminuas; 30 Minuten für 30 Euro, escrito à mão na parte inferior, numa letra floreada). Talvez todas as alternativas, pensei, como se fosse uma pergunta de múltipla escolha, e fiquei olhando a moça caminhar até nós, sorrir e deixar à nossa frente dois copos pequenos, estilo tumblers ou chatos e cheios até a metade com um rum doce e cor de mel muito típico tailandês, chamado SangSom, me dissera

Samuel logo que nos sentamos e ele pediu para ambos, sem me consultar. Eu ainda não tinha terminado o primeiro.

Si vis pacem, para bellum, declamou ele com uma voz rouca e dilatada, como se tivesse a boca cheia de pedrinhas.

A porta principal se abriu e entrou uma ventania da noite e ar gelado e flocos de neve e também entraram dois homens mais velhos com casacos de lã azul-marinho. Um deles usava óculos quase caricaturais, com armação preta e circular e exageradamente grossa, e eu, ainda olhando surpreso, especulei que ele tinha escapado no meio de um exame da clínica de algum oftalmologista. Os dois homens desceram as escadas (estávamos numa espécie de porão ou subsolo, sem nenhuma janela), tiraram os casacos de lã e afrouxaram um pouco os nós das gravatas, indo se sentar à mesa mais isolada.

Alguém como você certamente conhece essa máxima latina, não é?, disse Samuel, agora com um tom arrogante, mas não me deixou responder. Se deseja a paz, prepare a guerra, traduziu. Uma frase erroneamente atribuída a Júlio César, continuou, que na realidade foi escrita por Vegécio, um escritor romano de temas militares. Samuel pôs os cotovelos sobre a mesa e se inclinou para a frente, e, talvez pela sua expressão, talvez pelo seu olhar, que de repente parecia mais azul ou menos azul, pensei que ele estava prestes a jogar o resto do seu rum na minha cara. Embora logo tenha pensado que ele valorizava demais seu rum para desperdiçá-lo num gesto tão irracional. Se deseja a paz, prepare a guerra, repetiu mais devagar, pausando depois de cada palavra, deixando assim que cada palavra viajasse sozinha de um lado para o outro da mesa. Mas isso, sussurrou com hálito de morto, não pode ser entendido por alguém como você.

Reclinei-me para trás na cadeira, me afastando o máximo possível dele e da sua arrogância e do seu hálito de morto.

Então era isso que você estava fazendo, Samuel? Preparando as crianças para a guerra?

Uma tailandesa saiu pela cortina de contas carregando uma bandeja enorme e redonda. Caminhou descalça até os alemães com paletó e gravata e deixou sobre a mesa duas cumbucas de sopa fumegante.

Samuel, inquieto, talvez também irritado pela minha provocação, esperou até que ela escapasse para aquele outro reino oculto e furtivo além da cortina de contas.

Diga-me, Eduardo, sussurrou para que ninguém mais o ouvisse, quem você acha que sai à noite para apagar e tirar todas as pichações de suásticas nas ruas e nas paredes? E quem você acha que cuida das tantas ameaças antissemitas que os judeus das comunidades de Bogotá, de Buenos Aires e do México recebem? E quem você acha que vai aos mercados de pulgas de Paris e às lojas de antiguidades aqui em Berlim para encontrar e denunciar aqueles que ilegalmente ainda querem lucrar com relíquias do Terceiro Reich? E quem você acha que vigia todas as sinagogas e escolas judaicas, tomando conta das portas e dos pontos de acesso, verificando se durante a noite algum louco de merda não deixou uma bomba debaixo de uma escrivaninha ou de uma carteira?

Eu sabia a resposta. Mas não a disse.

❁

Bitachon. Ou segurança, em hebraico. Assim se chama o serviço secreto de segurança e inteligência de uma comunidade judaica, formado e dirigido por alguns dos seus membros em cada país – em todo país –, embora ninguém saiba quem são. É estritamente clandestino. E também estritamente militar. Seus integrantes são recrutados na adolescência e em absoluto segredo (inclusive sem que os próprios pais saibam), e depois, durante dois ou três anos, preparados psicologicamente e postos à prova e treinados em métodos de inteligência, em técnicas antiterroristas, em combate corpo a corpo, no sistema israelense de táticas de luta e defesa pessoal conhecido como krav magá.

Segundo soube muito tempo depois do acampamento, Samuel, nos anos 80, foi um dos dirigentes e soldados latino-americanos mais radicais do Bitachon. Alguns diziam que também tinha sido um militante secreto do movimento sionista de extrema direita chamado Betar, fundado em 1923 pelo letão Vladimir Jabotinsky. Outros diziam que tinha sido treinado diretamente por agentes do Mossad, a agência de inteligência do Estado de Israel, responsável por ações encobertas, espionagem e contraterrorismo em nível mundial. Outros ainda diziam que, após seu serviço militar em Israel, ele tinha passado um tempo na Sayeret Matkal (também chamada Unidade 269), a principal unidade de elite das forças armadas israelenses. E outros mais audaciosos diziam que ele não havia feito parte da Sayeret Matkal, mas sim do Shayetet 13, o temido esquadrão de forças especiais israelenses cujos integrantes são conhecidos como os homens do silêncio, e cujo lema é este: Como o morcego emerge das trevas, como a lâmina corta em silêncio, como a granada explode em fúria

Agora, sentado a um metro de distância num bar ou talvez um bordel tailandês de Berlim, e a partir das suas respostas crípticas e sucintas, soube que Samuel Blum ainda fazia parte do Bitachon, que continuava sendo um dos seus dirigentes e soldados. Embora ele jamais tenha me dito isso, é claro, e jamais admitiria. Mas não foi difícil para mim imaginá-lo trabalhando secretamente com distintas comunidades judaicas, protegendo sinagogas e escolas em todos os lugares do planeta, perseguindo e caçando neonazistas e antissemitas e fanáticos extremistas, treinando membros e possíveis recrutas em distintas cidades latino-americanas e europeias, como Berlim.

❁

Durante anos pensei que tinha sido um pesadelo, apressei-me a dizer em vez de responder à sua pergunta.

Um pesadelo de crianças, disse ele, mordaz.

É que era isso que nós éramos, Samuel, crianças. Há alguns que ainda não querem ou não conseguem falar sobre aquele dia. E outros que o reprimiram tanto que quase o esqueceram. Muitos não suportaram.

Como você, me lançou com o fio de um dardo.

Sim, como eu, mas também outras crianças e vários instrutores, e até alguns pais, eu disse, aludindo às ameaças legais de um grupo de pais – que incluía os meus – ao descobrirem surpresos o que tinha acontecido naquele dia na floresta.

Samuel fez uma careta entre altiva e desdenhosa. Estava sorrindo parcialmente: um sorriso triunfante, um sorriso cheio do mesmo orgulho e da mesma prepotência que tinha décadas atrás, um sorriso que continuava zombando de mim e de todos os outros fracos que, segundo ele, não havíamos suportado.

Uma senhora tailandesa saiu pela cortina de contas. Embora, ao vê-la caminhar devagar na nossa direção, tenha me parecido que era mais um homem tailandês com traje e maquiagem de senhora. Ou uma senhora tailandesa com os traços e o bigodinho e até o andar de um homem. Em todo caso, estava vestida com o que presumi ser um traje tradicional do seu país, muito elegante, de seda vermelha e amarela e umas correntes de lantejoulas douradas. E enquanto eu continuava especulando se era a administradora do lugar ou a dona ou a madame, ela por fim chegou à mesa ao nosso lado, sentou-se sem nem sequer nos olhar e começou a colocar umas cartas sobre a toalha, em filas retas, todas voltadas para baixo. Levei alguns instantes para entender que não eram cartas de baralho, mas cartas de tarô.

Samuel continuava sorrindo para mim. Uma solitária veia de cor chumbo pulsava na sua têmpora.

E era necessária tanta violência?, perguntei.

Imprescindível.

Também era imprescindível nos fazer sangrar?

Ninguém sangrou.

Vários sangraram, respondi. Você derrubou um menino por trás e ele ficou caído, inconsciente. Você esmagou o rosto de outro menino contra o chão.

Isso nunca aconteceu, disse com tranquilidade, não sei se de forma displicente ou sincera. Mas tanto faz, continuou. Derramar um pouco de sangue sempre é bom.

E então peguei meu copo de rum, tomei um gole longo demais e comecei a fazer perguntas a Samuel.

❁

Perguntei sobre os uniformes dos instrutores e ele me disse que eram simples uniformes de operário, feitos de um tecido de poliéster preto e denso, comprados numa pequena fábrica de tecidos na avenida Petapa, especializada em confeccionar roupas e vestimentas profissionais.

❁

Perguntei sobre a bandeira nazista que haviam hasteado naquela manhã na clareira da floresta e ele me disse que isso não aconteceu, que eu estava inventando ou lembrando errado, que nenhum deles jamais teria ousado pendurar uma bandeira nazista ali.

❁

Perguntei sobre as braçadeiras com suásticas e as braçadeiras com estrelas amarelas e ele me disse que todas foram feitas por uma costureira no centro, uma senhora idosa e bastante desligada, que para ambos os modelos se baseou em algumas fotografias que eles haviam lhe fornecido. Foi ele mesmo, acrescentou Samuel para encerrar o assunto, quem escolheu esse tipo de braçadeira de tecido branco com estrela amarela, para assim honrar as crianças do gueto e do campo de concentração de Terezín, perto de Praga, chamado Theresienstadt (e eu imediatamente imaginei uma braçadeira ao redor do bracinho esquerdo do filho de três anos de Bedřich Fritta, um dos já célebres pintores de Theresienstadt, que fizera de presente para o filho Tommy um livro de desenhos intitulado *Para Tommy, no seu terceiro aniversário em Terezín, 22 de janeiro de 1944*: um livro único e belo que Fritta conseguiu salvar ao enterrá-lo em algum lugar secreto do campo, junto com outras tintas e aquarelas clandestinas, na noite anterior do seu julgamento por Adolf Eichmann, quando foi declarado culpado de ter contrabandeado suas ilustrações proibidas e macabras dos prisioneiros, sendo então enviado num trem para Auschwitz, onde morreu; seu filho e algumas das suas obras, no entanto, sobreviveram).

❁

Perguntei sobre a cobra vermelha no bolso do seu impermeável e contei-lhe sobre a tarântula imaginária e sorrateira que pensei ver caminhando no seu antebraço esquerdo, e ele mal reagiu.

❁

Perguntei sobre a música do quarteto de cordas na madrugada e ele me disse que não era um quarteto de cordas, mas um trio de Shostakóvich para violino, violoncelo e piano, cujo quarto movimento, intitulado "Dança da morte", foi escrito pelo compositor russo ao final da guerra, usando escalas e melodias tradicionais judaicas, comovido ao saber que os soldados nazistas forçavam os judeus a dançar ao lado das suas covas uma última dança, uma dança da morte, antes de matá-los.

❁

Perguntei-lhe sobre os demais instrutores e ele me disse que, daquela experiência, conseguira recrutar alguns bons membros e soldados. Não disse – nem precisou dizer – que eram membros e soldados do Bitachon. E eu rapidamente tracei as linhas entre dois ou três pontos mentais e soube com certeza que um desses bons membros e soldados tinha sido Regina.

❁

Perguntei sobre a instrutora muito jovem e muito loira que, depois de discutir ou reclamar algo com ele, tinha tirado a braçadeira e o uniforme preto e se encerrado sozinha numa cela de cal, e ele me disse, sucinto, ominoso, que depois tinha se encarregado tanto dela como dos demais dissidentes.

❁

Perguntei sobre as celas de cal e Samuel me disse, sem hesitar, que as grades para um prisioneiro judeu costumam estar mais na sua mente que diante dele.

❁

Perguntei sobre a linguagem bélica e antissemita que haviam usado com as crianças mais novas, e Samuel me contou a história do pogrom de Kishinev, ocorrido durante três dias de abril de 1903, no qual quarenta e nove judeus foram massacrados (quarenta e nove cadáveres alinhados de barriga para cima numa das ruas do bairro judeu, aguardando o sepultamento, já envoltos nos seus quarenta e nove mantos de oração) e centenas de crianças judias foram espancadas, e centenas de mulheres judias foram estupradas por uma turba de russos que acreditavam, graças às mentiras de dois jornais antissemitas, que os judeus de Kishinev haviam sacrificado uma criança cristã e usado seu sangue na preparação de matzá para os dias de Pessach. Samuel, então, depois de entoar em hebraico a primeira pergunta do seder de Pessach (por que esta noite é diferente de todas as outras noites?), me disse com gravidade que as crianças judias devem aprender o quanto antes a se defender de ataques físicos e agressões verbais. Devem aprender o quanto antes, acrescentou, que todos os outros são antissemitas, que o mundo inteiro gira em torno desse ódio tão antigo.

❀

Perguntei sobre a máquina de tatuar e o frasco de tinta, e ele primeiro me disse que os haviam colocado sobre uma mesa, à vista de todos nós, apenas por puro efeito (assim como a Luger na sua cintura). Mas logo estendeu a mão esquerda enquanto com a direita puxava a manga da jaqueta de couro falso e me mostrava uma tatuagem verde e pequena e já um pouco apagada no antebraço, ao lado da pulseira de ouro. Fui eu mesmo que fiz com aquela maquininha, disse. Era, disse, o número da minha avó.

Os dois homens estavam vestidos com uniformes militares, mas uniformes militares que destoavam. Não eram iguais. Nem o verde camuflado das calças era o mesmo verde das camisas nem o verde dos bonés. Dava a impressão de que cada uma das peças que usavam tinha sido emprestada ou roubada de soldados diferentes, de exércitos diferentes. Suas botas, pretas e surradas, também eram distintas. Ambos tinham resíduos pálidos do que parecia ser tinta verde no rosto, como se a tinta verde tivesse sido lavada aos poucos pela chuva e pelo suor. Ambos carregavam um velho cantil de alumínio preso ao cinto e um rifle pendurado no ombro. Ambos seguravam um facão numa das mãos, que provavelmente vinham usando para abrir caminho no mato, e uma picareta enorme e rústica na outra, que já tinham usado ou logo usariam para enterrar algo ou alguém. Ambos eram indígenas, embora um deles fosse muito mais moreno que o outro.

Sentei-me e me ajeitei o mais rápido que pude enquanto enxugava as lágrimas com a manga da camiseta branca.

O que faz por aqui?, me perguntou o mais moreno, num espanhol enrolado e com sotaque maia. Sentado no chão, eu não conseguia responder nada. Tentei me levantar.

Sentadinho aí mesmo, me disse o outro homem com a serenidade de quem está acostumado a que sigam suas ordens. Sua voz me soou como a voz de uma criança. Uma voz esganiçada. Uma voz alta e aguda demais para sua figura tão masculina. Achei que ele era o mais velho dos dois, e o mais responsável. Vi que deu um passo à frente e deixou cair a picareta ao meu lado e, usando o facão como apoio, agachou-se bem perto de mim. Tinha o rosto coberto de pó e sujeira e pequenos pelos pretos, e a mão estava enfaixada com algo verde-escuro que poderia ter sido uma folha de bananeira.

Mudo o rapaz, disse o homem moreno, ainda de pé, e lançou sua picareta ao chão ao lado da outra.

Talvez alguém tenha cortado a língua dele com um golpe de facão, disse o que estava agachado enquanto fazia cortes no ar com seu facão. Os dois homens riram e eu pensei em abrir a boca para mostrar que ainda tinha língua, mas por sorte não fiz nada.

Qual é seu nome?, me perguntou o mais moreno.

Eu estava prestes a dizer, quando algo me fez pensar que não era sensato, e então falei o primeiro nome que me veio à cabeça.

Juan Sandía, sussurrei.

❁

Era assim que chamávamos o jardineiro e motorista de toda a vida do meu avô polonês. Na verdade, ele se chamava Juan Sandino, mas meu irmão e eu o chamávamos de Juan Sandía. Éramos fascinados por Juan Sandía: seu jeito de cecear as palavras, seus dentes de ouro, seu cabelo preto e eriçado de porco-espinho, seu dedo anelar direito. Gostávamos de olhar aquele dedo anelar direito sobre a alavanca de marchas e pedir a Juan Sandía que nos contasse a história – ou as histórias, pois havia várias versões – de como e onde havia perdido a falange superior. Foi ele quem, dias antes, tinha nos buscado no aeroporto com meu avô e nos levado até Santa Apolonia, dirigindo tão devagar na estrada do planalto que me lembro de ter visto algumas borboletas brancas entrarem pela janela aberta ao meu lado e saírem pela janela aberta do lado do meu irmão. Foi ele quem me ensinou como chutar uma bola com efeito, como descascar uma laranja numa só tira, como cantar corretamente o jogo da loteria (a sereia, cantava Juan Sandía, corre e vai jogando a sereia, a sereinha, seu meio-corpo de daminha se avista em alto-mar), como manobrar o volante do carro sentado no seu colo, como encontrar larvas na lama e besourinhos pretos e amarelos no dorso das folhas, e como capturar cigarras nos galhos mais altos de um salgueiro-chorão amarrando um balde na ponta de um pau comprido. E também foi ele quem, cumprindo uma antiga tradição maia, havia semeado meu umbigo. Ou ao menos era o que ele me dizia. Que alguns dias depois que eu nasci, tinha entrado no meu quarto e encontrado sobre o colchão do berço o último pedacinho do cordão umbilical que acabara de se desprender do meu umbigo (muxu'x, em kaqchikel). E que, depois de oferecê-lo à minha mãe – posso imaginar minha mãe olhando com estranheza para Juan Sandía e dizendo que os judeus enterram o prepúcio, não o umbigo –, ele o levou para seu povoado numa sacolinha plástica, esperou a próxima lua cheia e, nessa mesma noite, enterrou meu umbigo bem fundo na sua parcela de milpa, à beira de um rio. E que lá, então, me dizia Juan Sandía, na margem lamacenta de não sei que rio de não sei que povoado guatemalteco, entre talos de milho e pés de feijão e ao lado dos umbigos dos seus ancestrais e dos seus filhos e dos seus netos, ficaram para sempre semeadas minhas raízes.

❀

Diz o jovem que se chama Juan Sandía, balbuciou o mais moreno, zombeteiro. E está fugido, você, Juan Sandía?, me perguntou, e eu disse que sim com um movimento de cabeça, e ele não perguntou mais nada. Mas esse nome, pronunciado com seu sotaque maia, ficou zumbindo ao meu redor por alguns segundos como um pernilongo na floresta.

Eu sentia a boca seca, a garganta quase fechada, o peito prestes a explodir. Minha mão direita tremia um pouco, não sabia se era por nervosismo ou por causa da picada no polegar que só havia piorado. O dedo agora era uma massa avermelhada e disforme. Perto da unha havia uma bolha branca cheia de pus.

O homem mais velho destravou seu cantil, tirou a rolha de cortiça e tomou um gole curto e rápido e, limpando a boca com a manga da camisa verde, fez uma careta como se o que acabara de beber fosse azedo demais.

Têm água?, murmurei.

O quê?

Vocês têm água?

Isso não tem, disse ele e cuspiu no chão uma baba longa e esbranquiçada. Só tem água benta.

Agora suas palavras cheiravam a desinfetante.

Ainda agachado, ele me sorriu desafiador e me estendeu o cantil, que também cheirava a desinfetante. Mas eu apenas balancei a cabeça e fiquei olhando como ele punha a rolha de volta e pendurava o cantil no cinto militar, enquanto escutava os dois homens conversarem entre si num espanhol salpicado de palavras para mim incompreensíveis, talvez palavras de indígenas ou palavras de soldados.

Vocês são soldados?, ousei perguntar, mas minha voz mal soou na floresta. Embora também fosse possível que minha voz não tivesse soado na floresta. Talvez eu tenha falado só para mim mesmo, na minha mente. Eram soldados. Mas eu não tinha certeza se militares ou guerrilheiros.

O homem mais velho tinha colocado o facão na terra e agora segurava uma bolsinha de couro marrom e surrada que tirara do bolso da camisa. Abriu a bolsinha, enfiou os dedos lá dentro e tirou uma palha de milho já seca, que estendeu na palma da outra mão. Voltou a enfiar os dedos na bolsinha e retirou umas fibras escuras de tabaco (ou o que me pareceu tabaco) e enrolou um cigarro e lambeu para selá-lo e o estendeu para cima, em direção ao companheiro. Depois enrolou um segundo cigarro para si mesmo e o prensou com os lábios, enquanto fechava a bolsinha de couro e a guardava de volta no bolso da camisa. Os dois homens acenderam seus cigarros de palha com o mesmo isqueiro velho e enferrujado.

Você é americano, Juan Sandía?, perguntou o homem ainda agachado, recolhendo o facão do chão e soprando no meu rosto uma baforada de fumaça aromática e azulada, e eu balancei a cabeça e disse que não, que era guatemalteco.

Você tem documentos?, continuei balançando a cabeça.

Armas?, continuei balançando a cabeça.

Dinheiro?, continuei balançando a cabeça.

E você é um dos maus?, continuei balançando a cabeça, embora não tenha entendido quem eram os bons e quem eram os maus.

Ele ainda tinha o cigarro prensado entre os lábios e agora estava apontando o rifle para mim com a mão envolta na folha de bananeira, seu dedo sempre sobre o gatilho, enquanto com a outra mão segurava o facão e usava a ponta afiada para revistar meus flancos, a cintura, as costas.

Você está sozinho, Juan Sandía?

Não me decidi se lhe dizia a verdade e então apenas fiquei quieto, em silêncio. Notei que do pescoço dele pendia um estranho amuleto enegrecido que parecia um figo desidratado. Depois notei que a ponta do facão estava cheia de pequenas manchas escuras que primeiro pensei serem de argila, depois de mofo, e depois, ao olhar melhor, de sangue seco.

Pois tenha cuidado, disse ele revistando minhas pernas com o facão. Pode haver alguma arrancapé por aqui.

Não sei o que é isso, murmurei.

O quê, arrancapé?, enquanto continuava revistando minhas pernas, e eu disse que sim com a cabeça. Não se preocupe, Juan Sandía. Mas olhe bem onde pisa quando estiver andando.

O homem então arregalou um pouco os olhos e fez o som de uma bomba e o outro homem pôs a ponta do seu rifle no chão e fingiu estar mancando e os dois começaram a rir, e eu não tinha certeza se também devia rir com eles.

Além disso, disse ele já sério, dizem que vive um tigre nessa parte da floresta.

Eu sabia que não havia tigres nas montanhas do planalto, mas também sabia que essa é a palavra que os indígenas usam para se referir ao jaguar. Primeiro levantei a cabeça e depois ergui um pouco o olhar e consegui imaginar perfeitamente um jaguar escondido entre a vegetação densa, espreitando-nos, observando-nos de longe com seus grandes olhos amarelo-limão. E eu continuava com o olhar perdido entre a folhagem frondosa, procurando ali o padrão de rosetas de um felino improvável, quando de repente senti a ponta do facão entre minhas coxas, vasculhando e subindo e quase acariciando o espaço entre minhas coxas, e fechei as pernas com brusquidão.

O homem me sorria de forma sombria e rançosa.

E isso aqui, o que é?, perguntou, agora apontando e raspando com o facão a estrela amarela no meu braço esquerdo. Abri a boca, mas não soube o que responder. Que porra é isso?, gritou, levantando o rifle para me encarar e raspando com mais força o facão, e eu finalmente sussurrei que era só parte de uma fantasia.

Jude, leu com sua voz indígena e infantil, e a palavra, na sua boca, não significou nada.

O homem mais moreno estava caminhando devagar ao nosso redor. O cigarro de palha entre os lábios. O dedo indicador sobre o gatilho. O olhar fixo em mim. Embora o homem também parecesse atento a qualquer ruído ou cheiro no ar, como empenhado em decifrar o ar, caso – suspeitei – algo ou alguém estivesse os perseguindo. De vez em quando, ele levantava a cabeça para o céu e soltava um assobio curto e melódico, mas não entendi se estava imitando o som de um animal – o trinado de um pássaro ou o zumbido de um roedor – para atraí-lo e caçá-lo, se estava se comunicando com alguns dos seus companheiros escondidos ali perto na floresta, ou se simplesmente estava delirando ou sofrendo um episódio psicótico (a loucura, naqueles anos, não era algo anormal). De repente, o homem parou de assobiar e parou de caminhar e ficou parado no meio de um círculo de terra preta e seca. Inclinando-se, começou a escavar a terra com a ponta do facão até abrir um pequeno buraco. Em seguida levou dois dedos à boca e, depois de dar uma longa tragada, tirou o cigarro de entre os lábios e o inseriu no buraco, verticalmente, como se estivesse plantando-o na terra preta, como se fosse um absurdo broto em miniatura de palha e fibras de tabaco. E ali o deixou, bem erguido, com as brasas ainda acesas no topo, soltando algumas últimas e leves espirais de fumaça branca. O homem então se endireitou com um grunhido e deu um ou dois passos para trás. Sem largar o facão, e olhando-me de frente, abaixou um pouco as calças com a outra mão e tirou para fora um pênis flácido e escuro e urinou sobre o cigarro de palha até apagá-lo. Na terra preta ficou uma poça ambarina.

Estou perdido.

Disse isso com uma voz alquebrada e vencida, e tive de fazer um esforço para conter a vontade de chorar.

Sentia náusea. Sentia ao mesmo tempo muito calor e muito frio. Minha mão direita tremia agora com mais força e incontrolavelmente, e me ocorreu sentar sobre ela, apesar da dor, para assim ocultar ou pelo menos disfarçar o pânico que começava a se apoderar de todo o meu corpo. Ainda percebia a ponta do facão no meu braço, arranhando meu braço, cutucando meu braço na altura do coração, quando de repente senti que a faixa de pano branco se afrouxou ao redor da manga da minha camiseta, e a estrela amarela caiu sem ruído sobre a terra.

Ainda agachado, o homem mordeu o cigarro apenas com os lábios e estendeu sua mão de bananeira para recolher a estrela amarela e, com o rosto todo enfumaçado e encardido, enfiou-a no bolso da sua calça verde-merda.

A madame emperiquitada da mesa vizinha bateu palmas uma única vez com suas mãos rudes e masculinas e emitiu um ruidinho como de triunfo, e eu pensei que ela tinha batido palmas para Samuel e aquele número pequeno e borrado que ele levava tatuado no antebraço. Depois compreendi que aparentemente ela estava contente com o próprio futuro.

Por quê?, perguntei a Samuel, sentindo a queimação do rum na garganta. Mas soube, pela impavidez no seu rosto, que foi como se eu não tivesse perguntado nada. Por que recriar um campo de concentração para crianças?, insisti. Por que obrigar crianças a sentir aquele sofrimento e aquele medo, a viver aquele pesadelo?

Samuel agora me olhava com rancor.

Você nunca entendeu, sussurrou.

Não, eu lhe disse, nunca entendi. E continuo sem entender. Mas foi por isso que me ligou depois de tantos anos e me trouxe até aqui, não?, para finalmente me explicar.

Samuel sorria impaciente, como se estivesse esperando por aquele momento há décadas.

Você conhece a história de Janusz Korczak e seus órfãos?, perguntou-me, e eu disse que sabia alguma coisa, sim, embora muito pouco. Samuel então tomou um longo gole de rum e lambeu os lábios para não desperdiçar uma única gota, e estava prestes a começar a me contar a história de

Korczak e seus órfãos quando uma tailandesa com muito batom e aparência de adolescente saiu pela cortina de contas e se aproximou da nossa mesa e, enquanto acendia a vela branca com um isqueiro de plástico, disse a Samuel algumas palavras em alemão que me soaram como palavras lascivas. Mas Samuel, com expressão ausente e a mão se movendo agora perigosamente perto da chama da vela, nem sequer se virou para olhá-la.

Na parede cor de chiclete ao nosso lado, ladrava a sombra de um cachorro.

❁

Eu estava compartilhando um cigarro às escondidas com minha mãe.

Fumante desde muito jovem – antes de completar treze, me disse uma vez –, ela havia parado de fumar anos antes por causa de um câncer de mama. Ou melhor, por causa daquele câncer de mama, ela havia deixado de fumar por um tempo. Ou melhor ainda: ela havia deixado de fumar por um tempo só em público, porque ainda fumava em privado, às escondidas. Embora nos dissesse que já não fumava, todos sabíamos que continuava fumando em segredo, dissimuladamente, da mesma maneira e com a mesma emoção, ocorre-me agora, que aquela menina de treze anos. Fumava às pressas, trancada no banheiro. Fumava na escuridão do porão do seu prédio. Fumava no carro. Inventava compromissos e afazeres para poder sair um pouco de casa e estar sozinha e fumar. Mantinha sempre um vidrinho de perfume à mão, na bolsa ou no porta-luvas do carro, embora em vão, claro, pois o cheiro que o cigarro deixa nas roupas e no cabelo é tão difícil de disfarçar quanto uma tosse. Mas ninguém lhe dizia nada. Minha mãe fingia que não fumava mais, e nós fingíamos acreditar.

Até que, no fim de uma tarde límpida e fria de dezembro, com o céu de nuvens em chamas típico dessa época do ano na Guatemala, eu a encontrei fumando e também chorando lá fora, na rua, na calçada em frente ao prédio dela. Ou talvez já não chorando, mas sim com os vestígios do choro ainda visíveis no seu rosto abatido, no olhar úmido e perdido, na postura derrotada. Ela estava de pé, com os ombros caídos e os braços cruzados, segurando o cigarro erguido numa das mãos e um grosso cinzeiro de vidro na outra, inutilmente, pois o cinzeiro seguia limpo e ao redor dos seus pés já havia algumas lascas de cinza e uma ou duas bitucas amassadas. Algo significativo devia ter acontecido para que minha mãe se arriscasse a sair do esconderijo e fumar em público, ali, em plena rua; alguma briga com meu pai ou com um dos irmãos dela, supus. Mas não quis perguntar. Apenas estendi a mão e pedi o cigarro, e minha mãe sorriu com a malícia de uma menina pega no flagra e o entregou a mim, e ficamos conversando até que as chamas desapareceram do céu e nós terminamos o único cigarro que alguma vez compartilhei com minha mãe.

❀

Janusz Korczak era o pseudônimo do médico polonês Henryk Goldszmit, um grande educador e pedagogo e ativista social, e também um escritor, assim como você, disse Samuel em tom de insulto, como se para ele ser escritor fosse um impedimento ou uma fraqueza. E além disso, disse ele, era o fundador e diretor do orfanato judaico em Varsóvia chamado Dom Sierot, onde, em 5 de agosto de

1942, às oito da manhã, chegaram soldados alemães para transportar todas as crianças para o campo de extermínio de Treblinka. Alguns testemunhos dizem que foram cento e noventa e duas crianças, outros dizem que cento e noventa e seis, outros que duzentas. Em todo caso, suspirou Samuel, alguns dias antes, a associação secreta da resistência polonesa, chamada Żegota, tinha oferecido novamente asilo a Korczak, que outra vez o recusara. Disse que não podia abandonar suas crianças, que não se abandona uma criança doente à noite, que não se abandona crianças em tempos como aqueles.

Samuel falava olhando para os dois alemães de paletó e gravata. Piscava devagar, como se os olhos lhe doessem.

Korczak então disse aos quase duzentos órfãos que deixassem o café da manhã pela metade e fossem se vestir depressa com suas melhores roupas e colocassem um livro na mochila azul ou levassem nas mãos um bichinho de pelúcia ou um dos seus brinquedos favoritos. Iriam juntos ao bosque, ele lhes disse para acalmá-los, onde haveria flores e muitos mirtilos silvestres e riachos de água fresca onde poderiam se banhar. Uma hora depois, em estritas filas de quatro e escoltadas por soldados das ss que não paravam de gritar e ameaçá-los com metralhadoras e chicotes, todas as crianças saíram do orfanato e, cantando músicas em polonês, caminharam pelas ruas escuras e infectas do gueto de Varsóvia com suas mochilinhas azuis e seus brinquedos favoritos, e com Korczak sempre à frente, ele também cantando e marchando com a mãozinha de uma criança em cada uma das suas mãos, até que finalmente a longa procissão chegou à Umschlagplatz, onde todos subiram em dois vagões de carga que os levariam às câmaras de gás e à morte. Korczak morreu em Treblinka naquela mesma noite, com suas crianças. Não as abandonou.

Samuel, ainda olhando para os dois alemães, fez uma pausa longa demais e densa demais, como para projetar aquela imagem em preto e branco na parede cor-de-rosa ao nosso lado e assim se certificar de mostrá-la a todos, a mim, aos dois alemães, à madame com boa sorte e também às garçonetes ou possíveis prostitutas tailandesas, e então eu me voltei para a parede e fiquei contemplando a cena granulada e fora de foco das crianças caminhando pelas ruas destruídas do gueto de Varsóvia segurando nas mãos um brinquedo, qualquer brinquedo, seu único e último brinquedo antes de morrerem asfixiadas nas câmaras de gás, e eu ainda contemplava aqueles duzentos rostos cinzentos quando, de repente, percebi alarmado que ali, no meio da parede cor-de-rosa, entre as demais crianças, com uma mochila nas costas e seu último brinquedo nas mãos, também caminhava meu filho.

Foi um herói, Korczak.

Samuel agora tinha o olhar fixo em mim, e senti que ele estava me olhando pela primeira vez.

Sua história foi contada em livros e óperas e peças de teatro, disse ele. Há monumentos e estátuas de Korczak e suas crianças em Treblinka, em Varsóvia, em Hannover, em Jerusalém. Há um filme baseado na sua biografia, feito pelo diretor polonês Andrzej Wajda (filme que, como eu viria a saber enquanto compartilhávamos um cigarro numa tarde límpida e em chamas, tinha feito minha mãe chorar). Há uma rua com seu nome em Kiev. Até um asteroide, que alguns astrônomos da Crimeia nomearam em sua homenagem: o 2163 Korczak. Mas me responda uma coisa, Eduardo, disse Samuel se aproximando de mim, e eu por um instante pensei que não queria nem ouvir sua pergunta, que seria melhor me afastar dele e do bar e da noite e de todo o resto. Você é mesmo tão ingênuo a ponto de acreditar que as crianças judias de hoje podem sentir e entender o que sentiram aqueles duzentos órfãos judeus caminhando por um gueto, subindo num trem e sendo assassinados como cães vadios numa câmara de gás, só pelo fato de lerem a história deles?

Permaneci calado, com uma mão agarrada ao copo de rum e a outra segurando e protegendo minha barriga (com receio, suponho, de que a discussão ou a aflição me provocassem mais hérnias e mais bolas de pingue-pongue). Tive vontade de fazer perguntas a Samuel. Perguntar-lhe se ele, por sua vez, era tão ingênuo a ponto de achar que um educador do nível de Korczak aprovaria seus métodos de ensino. Perguntar-lhe se recriar um campo de concentração para crianças judias não seria uma espécie de pedagogia reversa, ou pedagogia venenosa. Perguntar-lhe, enfim, se ele acreditava mesmo que se podia entender a história apenas vestindo uma fantasia, decorando um roteiro e representando o papel de um dos seus personagens. Mas não lhe perguntei nada. Apenas fiquei olhando para duas tailandesas que haviam saído pela cortina de contas. Pareciam gêmeas. Ambas tinham o cabelo bem curto e vestiam blusas pretas e saltos altos e bodies com estampa de zebra. Dançavam diante da cortina de contas, devagar, meio abraçadas.

Samuel, depois de virar o copo como se aquele último gole não fosse de rum, mas de gasolina, cuspiu para mim com fogo:

Não se sente a dor se você apenas a lê num dos seus livros, e bateu na mesa com a palma da mão, e eu o imaginei como um juiz, seu martelo ditando uma sentença.

Já chega, eu disse com ímpeto (mas ímpeto, sabemos, não é sinônimo de valentia). Ainda assim, continuo sem entender, Samuel, por que as crianças precisam sentir essa dor e esse medo. Por que nós precisávamos senti-los.

Ele ficou em silêncio por alguns segundos, talvez procurando as palavras da resposta, ou talvez apenas tentando dar mais espaço e mais brilho a essas palavras.

Porque as crianças devem conhecer a dor dos seus pais, disse. Porque os netos devem conhecer a dor dos seus avós. Porque aqueles filhos da puta, disse, olhando e quase gritando para os dois alemães que tomavam sua sopa de camarões com leite de coco, mataram seis milhões de nós.

Soltei um suspiro leve, quase imperceptível, e Samuel, na mesma hora, em sinal de exaustão ou de despedida, resmungando algumas frases injuriosas possivelmente em hebraico, lançou umas cédulas sobre a mesa. E eu então também tirei algumas notas da carteira e as joguei sobre a mesa.

Já está pago, ordenou ele, espantando uma mosca imaginária com a mão para que eu retirasse meu dinheiro. Mas não obedeci, e deixei minhas notas ali, sobre as dele.

Ficamos os dois calados por alguns minutos, como uma forma de trégua, ou como se fôssemos incapazes de dizer mais alguma coisa, mas também incapazes de nos levantar e ir embora e voltar a enfrentar a tempestade de neve, e deixar tudo assim, com umas poucas notas amassadas e sujas espalhadas sobre a mesa de um provável bordel tailandês.

E o que aconteceu com você, Eduardo, na floresta?

Desapareceram entre as árvores da mesma maneira que haviam aparecido, como se não fossem dois homens, mas dois fantasmas ou duas sombras ou dois espíritos da floresta.

Eu ainda fiquei sentado sobre minha mão por um tempo, no mesmo lugar, na mesma postura, absolutamente paralisado, com o terror ainda palpável, nervoso de que qualquer movimento meu os invocasse de novo e os trouxesse de volta. Sabia que havia acontecido algo importante, embora ao mesmo tempo soubesse que, na verdade, não havia acontecido nada importante. Gradualmente, deixei de ouvir o som dos seus murmúrios e das folhas secas esmagadas pelo peso das botas e dos golpes de facão rompendo os arbustos do caminho, e em silêncio, ainda sentado sobre minha mão, me atrevi a me inclinar para a frente e vomitei sobre a terra o pouco que ainda tinha no estômago.

❁

No entanto, meus pensamentos também haviam se aclarado. Não era que eu já não sentisse o cansaço e a fome e a sede e a dor na mão direita e o terror de estar sozinho no meio de uma montanha que logo escureceria; mas tudo isso foi soterrado por um golpe de algo, talvez de energia nervosa ou adrenalina pelo encontro com dois soldados ou dois guerrilheiros ou dois espíritos da floresta. Não sei.

A única coisa que de repente percebi foi que minha mente estava tranquila ou pelo menos já não tão alterada. Me sentia mais acordado, mais concentrado. Tinha recuperado um pouco de sossego. Podia, de novo, pensar com clareza. Tudo ao meu redor parecia agora imerso numa cor acesa, brilhante, entre lilás e rosada. E então, sentado ainda no mesmo lugar, ao lado do carvalho em forma de forquilha, lembrei de dois conselhos que Samuel nos dera durante o dia de sobrevivência na pradaria.

Falando-nos sobre o sol e as estrelas como bússolas, ele nos dissera que, se algum dia nos perdêssemos na floresta, não deveríamos continuar andando, que era melhor ficar parados até termos uma noção mais precisa de onde estávamos ou para onde iríamos. Então me veio à mente o segundo conselho: um corolário do primeiro. Samuel nos dissera que, se isso acontecesse, se algum dia nos perdêssemos na floresta, o mais importante era encontrar sinais de civilização, como ruas ou luzes ou fios elétricos ou trilhos de trem; e que para encontrar esses sinais, ele nos dissera, o ideal era subir e se posicionar no lugar mais alto, fosse no topo de uma montanha ou no alto de uma árvore. Que, ali do lugar mais elevado, ele nos disse, poderíamos ver tudo melhor.

Lembro-me de pensar fugazmente que já não tinha forças suficientes para subir numa árvore, e que continuar subindo a montanha parecia errado, até ilógico, pois só estaria me afastando e me cansando ainda mais. Mas decidi ignorar meu instinto e seguir os conselhos de Samuel. Já não tinha outra opção.

Levantei-me. Sacudi a poeira e as folhas secas das minhas calças e comecei a escalar entre as árvores e o mato, abrindo caminho com as mãos, sempre montanha acima.

Não havia nenhum caminho. Nem sequer havia uma trilha estreita previamente cortada com facão e transitada. Mas continuei subindo. E quanto mais subia, mais densa se tornava a teia de arbustos e galhos e cipós e samambaias e lianas longas e soltas, e também mais exausto eu me sentia. Caminhava agora com a lentidão e pesadez de alguém que anda no fundo do mar.

Parei por um momento para descansar, para recuperar o fôlego. Ouvi um trovão ao longe, depois outro trovão mais forte que o primeiro: um estrondo rouco e longo que parecia vir das profundezas da montanha, como se a montanha estivesse grunhindo para mim e tentando me dizer algo. Eu sabia que era improvável que chovesse (não era época de chuvas), mas também sabia que estava numa zona sísmica, e perto de dois ou três vulcões ativos. Levantei os olhos para o céu, não sei se buscando nuvens ou as primeiras estrelas, e consegui ver que muito alto, além dos tantos galhos e copas das árvores, e justo acima de onde eu estava parado, voava em círculos um urubu preto. Fiquei observando seu voo fácil, sem esforço algum, e achei que ouvi o assobio do vento passando pelas penas escuras das suas asas. Então me ocorreu que o urubu estava me observando, que eu era a carniça, que o urubu sentia no ar o cheiro do meu polegar infectado e podre e também o cheiro da minha morte e só estava esperando que eu caísse no chão para descer do céu. Porém me livrei o mais rápido possível desse pensamento e continuei subindo. Talvez agora mais determinado, com mais ímpeto, embora já exausto e ofegante, com as mãos sujas e arranhadas e coberto da cabeça aos pés de lama e suor. Até que finalmente, depois de um trajeto íngreme que pensei que nunca terminaria, a floresta se abriu um pouco à minha frente.

Eu tinha chegado a um terreno que algum dia foi de cultivo, mas que atualmente estava abandonado, e do qual, do seu canto superior, eu podia olhar para baixo.

Descansei por alguns instantes, deixando meus olhos se adaptarem à luz desbotada do crepúsculo. Uma sombra azul tinha coberto de repente a montanha. Alto no céu, como uma pincelada negra no tecido índigo que agora era o céu, o urubu continuava voando.

Estava anoitecendo. Já havia um pouco de névoa e de bruma e, no começo, não consegui ver nada. Nem ruas nem luzes nem fios elétricos nem trilhos de trem. Mas de repente, ao longe, saindo da vegetação e quase invisível ou ainda reconhecível, distingui uma leve nuvem de fumaça densa e grisácea.

❁

Não era nem mesmo uma aldeia.

Havia apenas duas pequenas choças quadradas, uma ao lado da outra, ambas construídas de improviso com adobe e tábuas de madeira e algumas chapas de alumínio ondulado no teto. O milho crescia selvagem de um lado, perto de uma árvore alta, frondosa, com sua ramagem verde salpicada de flores de um intenso vermelho-grená ou vermelho-carmim. Em frente, numa espécie de pátio de terra árida, algumas galinhas ciscavam o solo em volta de um cachorro preto e sem raça que dormia numa última poça de luz. Amarrado ao tronco de uma pereira com um velho e desfiado laço de vaqueiro, havia um cavalo pardo que era mais ossos que cavalo. Cabisbaixo, mastigava algo no chão, talvez um broto de capim ou uma pera meio podre. Pela porta aberta de uma das cabanas saía uma fumaceira densa e grisácea. Alguém lá dentro estava batendo palmas.

Eu me aproximei devagar, cauteloso, mas o cachorro imediatamente percebeu meu cheiro no vento e levantou a cabeça. Começou a latir.

Saiu pela porta uma velha baixinha e morena e de cabelo prateado. Estava descalça e usava um huipil creme com bordados laranja e azul-celeste e um tocoyal roxo na cabeça. Acima dela, como uma sucessão de sinos, pendiam as enormes flores brancas de uma plantação de anáguas-de-vênus. Numa das mãos, ela segurava uma tortilha ainda crua.

O que você quer, menino?

Eu estava com a boca seca. Não conseguia dizer nada. Demorei para notar que estava chorando de novo.

Menino?, repetiu ela, se aproximando um pouco mais.

O cachorro saltou de um pulo e começou a correr na minha direção, mas a senhora gritou algo que não entendi e o cachorro parou de latir e voltou a se deitar no mesmo lugar.

A velha ficou quieta, como se me desse espaço. Nos seus olhos pretos não havia julgamento algum.

Então, aspirei uma longa baforada do sereno doce da noite e, limpando com a manga a sujeira e as lágrimas do rosto, consegui balbuciar que estava perdido.

❁

A casa era um único cômodo, um único ambiente, imprecisamente quadrado. Havia uma cama de campanha pequena e desarrumada num canto e uma rede de fio de cânhamo pendurada em outro. A única fonte de luz era uma antiga e corroída lamparina de querosene colocada no centro de uma mesa de abeto. Do teto pendiam cachos de pimenta-preta e cachos de pimentas vermelhas e também cachos de espigas de milho branco. No chão de terra batida, ao redor dos meus pés e por baixo do catre e da mesa, brincavam alguns coelhos cinza, lerdos, possivelmente domesticados. Uma Virgem Maria dourada e triste rezava num calendário pregado na parte superior de uma das paredes de adobe e tábuas de madeira. Deitado no batente da porta, que permanecia aberta, o cachorro preto esperava ansioso na noite ainda mais preta, engolindo sem mastigar cada naco de massa de tortilha que a velha lhe lançava. Ao lado da porta, sobre uma mesinha baixa que mais parecia um degrau, havia uma única vela acesa e pétalas alaranjadas da flor dos mortos e também uma foto em tom sépia de um adolescente de ar circunspecto e boina bordô e uniforme de soldado. Do porta-retrato pendia um rosário.

Eu estava dentro da casa, sentado num banquinho, bebendo água fresca de canela e açúcar numa tigela esmaltada azul e comendo tortilhas mornas com sal grosso. Meu choro, embora silencioso, era constante e incontrolável, como se meus olhos precisassem se esvaziar ali mesmo de todas as suas lágrimas. Tinha sobre os ombros um poncho de lã de ovelha e a mão direita já untada com um unguento viscoso de cinzas e sálvia. Ao meu lado, estalavam os gravetos de pinheiro.

A velha estava de pé diante de mim. Continuava limpando minhas lágrimas do rosto com uma áspera mão de avó e envolvendo meu corpo com a fumaça de um incensário de barro que balançava com a outra, enquanto me sussurrava palavras na sua língua maia. Talvez uma prece. Talvez nada.

Logo chegaria o marido da senhora e os dois me colocariam no cavalo para me levar a um posto de bombeiros em San Martín Jilotepeque, o povoado mais próximo. E só muito tempo depois é que me daria conta de que nunca soube o nome dela. A velha nunca me disse e eu nunca perguntei. Mas sentado e ainda chorando em silêncio diante dela, junto ao calor de um comal já esbranquiçado, eu sabia que o que pouco a pouco me devolvia à vida não eram as carícias da sua mão áspera e com aroma de milho e carvão, nem as fumaradas de eucalipto sobre meu corpo, nem o unguento preto de cinzas e sálvia, nem tampouco as tortilhas salgadas e a água fresca de canela e açúcar, e sim aquelas palavras sussurradas e estranhas, aquelas palavras imemoriais, aquelas palavras que ali, dentro de uma casa que mal era uma casa, se mesclavam e se confundiam com o cricrilar de tantos grilos na noite.

Este livro foi composto com tipografia Adobe Garamond Pro e
impresso em papel Off-White 80 g/m² na Formato Artes Gráficas.